阅美文

# 时光的掌纹

王崇菊 著

王崇菊

西苑出版社

**图书在版编目（CIP）数据**

时光的掌纹 / 王崇菊著 .—北京：西苑出版社，2018.12

ISBN 978-7-5151-0700-4

Ⅰ. ①时… Ⅱ. ①王… Ⅲ. ①散文集—中国—当代 Ⅳ. ① I267

中国版本图书馆 CIP 数据核字 (2018) 第 283365 号

**时光的掌纹**

**SHIGUANG DE ZHANGWEN**

---

出 品 人　赵　晖
责任编辑　陶永学　辛小雪
特约策划　凌　翔
责任印刷　陈爱华　严令升
责任校对　刘娟娟
封面设计　戴　敏
出版发行　西苑出版社 XIYUAN PUBLISHING HOUSE
通讯地址　北京市朝阳区和平街 11 区 37 号楼　邮政编码：100013
电　　话　010-88636419　传真：010-84281520
　　　　　E-mail：xiyuanpub@163.com
印　　刷　三河市金元印装有限公司
经　　销　全国新华书店
开　　本　710mm × 1000mm　1/16
字　　数　160 千字
印　　张　13
版　　次　2019 年 1 月第 1 版
印　　次　2019 年 1 月第 1 次印刷
书　　号　ISBN 978-7-5151-0700-4
定　　价　49.80 元

---

# 目 录

## 第一辑　时光回眸，爱的细雨

有情感心头涟漪，那是过往岁月潜藏心底的铭刻，再久再远，心中永恒，因爱生辉。

## 第二辑　与春天同行，与时光曼舞

生活里的点滴汇聚，汇成一片恣意的情感汪洋，在春天，在时光中起舞。

## 第三辑　缘分的花已绽，岁月日渐静好

当尘缘已定，只在岁月间留恋，让每一个日子弥漫馨香。

## 第四辑　用此情换岁月长，扬鞭催马仗剑天涯

等青春已远，展开飞翔的翅膀，在天空翱翔，记得远方永远有张望的眼眸。

# 第一辑　时光回眸，爱的细雨

有情感心头涟漪，那是过往岁月潜藏心底的铭刻，再久再远，心中永恒，因爱生辉。

## 心灵栖息的港湾

印象中，父亲白白胖胖，慈眉善目，和蔼可亲，有点羞涩，也许缘于他常年在外，与邻里乡亲接触少吧。

记忆中对父亲的印象最深刻的一次是在我很小的时候。那时，我还不懂事，一个人在家玩。一男子背着两个大包，风尘仆仆，胡子拉碴进家来，一见我就说你是不是妞呀？你妈呢？来，给吃糖！我一见是陌生人，又是这样子，就吓得哇哇哭，飞一般跑出去找妈妈。妈妈回来一看，笑哈哈对我说“他是你爸爸”。“爸爸？”从此我的记忆里才有了爸爸的概念。怯生生望着应该叫“爸爸”的陌生人，无论妈妈和他怎么哄，我也不肯叫“爸爸”，也不肯到他跟前去。这就是我最初对父亲的印象了。

父亲在铁路局上班，常年在外地，一年回来两次，每次待一个多月或者更短。每次回来，父亲总是拎几个大大的包，里面很多东西。那时候盼着父亲回来，盼望的是包里面有好吃好玩的，里面装满了我儿时甜蜜的梦想。父亲每一次走的时候，总是对我和弟弟千叮咛，万嘱咐，要我和弟弟听妈妈的话，帮妈妈做力所能及的事情，我和弟弟总是似懂非懂地点着头，而妈妈每一次总是泪光盈盈，依依不舍。

渐渐长大，才知道父亲在外工作的不易和辛苦。大概从小学二年级时，由于妈妈不识字，由别人代替给父亲写信改为由我写。那时许多字不会写，就用拼音或者错别字替代。父亲的回信总是鼓励的居多："我读你写的信越来越不用费力了"，"进步很大"，"字写得越来越好看了"，"内容也越来越丰富"等。得到父亲的夸奖，我写信的劲头更大，更卖力了，还总小大人似的告诉妈妈"我要亲自叠，亲自粘好，亲自去邮局寄送"。

童年至今，我总是感觉父亲对我的爱要大于弟弟。在我的印象里，弟弟挨打挨骂的次数很多很多，弟弟太调皮，总惹他生气（记忆中我就有一次因太过淘气顽劣被揍了一顿，但爸爸妈妈说那是没有的事）。因而我对父亲的感情很浓，很强，很深。有时候站在父亲的身旁，听着父亲均匀的呼吸，感受那份慈爱的目光，享受着父女二人世界里的温暖与美妙，是世界上多么幸福的时刻啊！

让父亲失望痛心的一件事发生在我读高中的时候。上学以后，父亲一直以我为荣，以我为骄傲，无论他到哪里总是带着我，还时不时夸我如何可爱，聪慧，成绩如何好，因为我的奖状家里贴得满屋都是。可是叛逆、轻狂、无知无畏的青春期里，特别是高三时与同学们疯玩，嬉闹，无心学习，成绩一落千丈，最后名落孙山。父亲让我复读，我死活不干，整日在家中无所事事，睡觉，看电视，还扬言要外出打工。气愤又无可奈何的父亲看着我却不知所措，无能为力，无论怎样的恨铁不成钢，他还是不忍心打我骂我。

那个让他自豪、骄傲、引以为荣的女儿怎么就变得这样顽劣，这样胸无大志，这样自暴自弃？他的脸上弥漫着一层淡淡的无奈与忧伤。尽管我心里也不好受，也知道自己做得不对，但却还是我行我素，现在回头想想，真是太不应该了。

休养生息半年，不知道是哪根神经被触动，或是想通了，玩腻了，元旦过后，我决定复读。清楚地记得，父亲用自行车驮着我，驮着我的行囊，刺骨的寒风里，黑黑的冬天清晨，父亲竟把穿着的毛衣脱掉，穿着单薄的衣衫还汗流浃背。而我捂得只留两只眼睛，穿着厚厚的棉衣还冷得直哆嗦。终于开窍、醒悟的女儿怎么不让父亲欢喜激动？！

苦苦地读，苦苦地学，总算为父亲撑了一下脸面，混得一个大学上。记得父亲看到录取通知书时，那样喜悦，那样欣慰，那笑容就如寒风凛冽的冬日盼到的久违的明媚阳光。孩子一点点的成绩就足以让父亲似孩童般兴奋、满足。

现在父亲退休了，老了，体格也不再矫健，行走也不再如风，头发也不再浓密黑黝，只是还是那样的慈眉善目，笑容满面，偶尔有一点点的羞涩，那是在我和弟弟尽应尽的职责，尽该尽的孝心时幸福伴着局促不安的神态。

人常说女儿是父亲前世的情人，也有人说女儿是父母的贴身小棉袄，还有人说女儿是父母心尖最嫩最嫩的那一块肉。

父亲啊！你很平凡，但你为家庭为儿女的付出却很伟大；你很普通，但你像一棵小草一样为春天奉献了毕生的颜色；我坚强而又执着地走着，因为我的身上流着你坚韧的血液；我热烈而又快乐地爱着，因为我的身上有你无私博大的影子。

父亲啊，感谢你把我带到这个明媚的世界上并给我一个温暖的家！今生做你的女儿很值得，很知足，很幸福，还没有做够，下辈子咱们还做父女，好吗？

# 笛　神

他喜欢吹笛。

赶着牛羊在山坡吹，或独在自己院落吹，人们叫他笛神。

他的笛声清越，有清晨溪水哗哗啦啦流淌的欢歌笑语，仿似一群孩童嬉戏在晨间；有汹涌澎湃激流涌动的浑厚气势，仿似金戈铁马踢踏在纷飞战火之中；有柔情似水缠缠绵绵的悱恻婉转，仿似有情人在哀怨地诉说相思。听听笛声，是生活的调味品，让淡如水的日子变得明丽。

人们不与他来往，他也不同人们往来。牵着一头牛，两只羊，日出而上山，日落而回家。他的牛老了，换年轻的；他的羊老了，养刚出生的，三种组合，牛、羊、他，是小山村的一道风景。他从哪里来，日子怎么过，最老的人也很恍惚。

当清晨袅袅炊烟飘着饭香在村中弥漫，他悠扬的笛声如翠鸟欢叫，吹开了惺忪的睡眼；当人们围坐在村中央树下闲谈高笑，他的笛声从遥远的山中传来；当万家灯火辉映，一家人坐在炉火上大快朵颐，他的笛声顺着清寒的月光洒在辽阔的天空。人们习惯伴着笛声而起，伴着笛声安眠。偶有几日不闻笛声，人们会不适应，吃饭不香，做事无神，交头接耳问询原因，等笛声再起，欢快扬在人们脸上。唯独少有人问原因，问他的日常。

他一年四季用宽大的麦秸帽遮盖面容，看不清眼睛，看不清脸上的表情。因为笛声，很多人家的争吵会很快消散，一些刚出生的婴儿能静静睡眠。笛声起，人们沉醉在笛声中，那些劳作的艰辛，生活的不顺，人情的冷暖，都在笛声中散去。宛若人间最美的忘忧草，给人力量，给人温暖，让每一个平淡的日子多了一份恬淡和愉悦。由于笛声的存在，偏安一隅的乡村，多了某种神秘色彩，甚至有人传说，这个村落有神仙眷顾，风调雨顺，和睦安乐，是难得的风水宝地。

那个日子，他不同往常一般中午不在家，平日他带着干粮在山上，一待就是一天。这天他的牛病了，连上山的力气都没有，他在用药草给牛治疗。

安顿好牛，他坐在小屋旁边的溪流边吹笛，笛声幽怨，似在祈祷牛儿赶快好起来，似在诉说一件尘封已久的往事。正在做饭的忘了添柴火，正在吃饭的停下筷子，闲谈的人停止闲谈，人们沉浸在如泣如诉的笛声中，忘记自己，忘记时间，忘记彼此。突然，笛声戛然而止，余音带着慌张和匆促。

有人大叫，“落水了，落水了，快来救人！”附近的往河边赶去，远处的向附近赶去，一个小孩的头伸出又下沉，下沉又伸出。有会水的下去，抓住孩子，救他上来。孩子苏醒的瞬间，说：“爷爷，爷爷……”手指向河中。醒悟过来的人们惊呼，刚才看到水花咕嘟咕嘟，以为是救孩子的余波。再次下水，打捞出来了笛神的尸体，呼吸已经停止。

孩子着迷笛声，又不敢近旁，潜藏在离他附近的一棵树上，可能忘乎所以，手舞足蹈，从树上滑落，掉到河中，听到声音的他迅速跳到河中救援。孩子得救，他走了，笛声消失得那么匆忙。

先进事迹感动着人们，追封他为先进英雄，开大会向他学习。有人认出，他是孤儿，父亲早逝，母亲在他五岁时亡故，他走东串西，活了过来。后来，跟着一位拾废品的老人过活，学会吹笛。老人过世，他安葬完毕，用仅有的钱购买牛羊，安居在小山村一家无人居住的破旧小屋，一直到溺亡。

有人杜撰，他遇见过一位美好的女子，两个人生活过一段日子，后来女子嫌贫爱富跑了，他对生活无望，隐居在此，终日以笛声相伴。还有人说他是某个神仙下凡，为了拯救这个落水的小孩，在此等待那么多年。

所有的故事都成为故事，留待他人演绎，他的笛声永远响在人们心中。清晨会有人抬头张望，午间会有人静静沉思，夜晚会有人凝望出神。

笛子陈列在村部玻璃器皿中，总有人看管，一代一代轮回。

笛神走了，笛音却常常回旋在空谷，一阵，一阵，又一阵。

那个被救的小孩考上音乐学院，留着长长的发，飘逸俊俏。最吸引人眼球的是，他的笛子吹得特别好，能让哭的人笑，笑的人哭，能让鸟儿驻足，让人落泪。

有小溪潺潺流水的泠泠淙淙，有荡气回肠激战的拼杀，有小桥流水人家温温暖暖的柔软，有情思点点幽幽噎噎的诉说冥想。

笛神还在。

## 天亮了，花开了

喜欢花，任何有花的地方，我都爱驻足。

经济范围内我会时不时购买一些花回家。总觉花不容易，积淀那么久，开放只一时，且拼尽全力，凋零却那么快，看得叫人心碎，如同一位美人，几日不见，憔悴枯槁得不忍目睹。

特别爱旷野上因风或某种因素生长的一株或几株花，风无情地吹，雨和骄阳任性肆虐，花儿却傲然屹立，令人感动。

匆忙生活的人，无心留意花开花落，他们忙于打拼，日日沦陷在名利、欲望中。对泥土中生长的花儿，从来无暇顾及。

总喜欢带着欣喜和虔诚去野外看看，感受泥土与花香融为一体发出的别样幽香。众多花中，我最爱格桑花，它们原是生在草原的花儿，最近几年，我的家乡引进不少，长势旺盛，花开得娇艳。

同小晴认识于某一次聚会，因朋友牵线，进行了一次只有女人的狂欢。基本是同龄人，相互不差五岁。小晴来得晚，是丽姐带来的。小姑娘清秀，充满朝气。初见略带羞怯，不一会儿就熟络，满屋子姐姐长姐姐短地叫，习惯了对熟悉的人说个不停，不熟悉的保持缄默。小晴的样子让我想到曾经的自己，极力推销自己，生怕别人不认识，很多时候带着讨好般的谄媚。心里冷笑："再过一些年，你就会明白，当才华撑不起能力，再多的奉承阿谀都作废；当地位达不到某种高度，再多的结交都无用。"

她过来同我聊，企图引我入某些感兴趣的话题，这种套路我早熟悉，故意不去理会。她说，我淡淡地回。她看我没心同她热聊，有些讪讪地离开，走过去又跟别人聊天，不时拿眼睛看我。我正在同梅大声说笑，一点矜持都没有。

再次见，在一家会所。才知道，她是这家会所的员工，丽姐是她的顾客。店家规定员工与顾客除了工作之外，不得私自相交，她们不干涉小晴与丽姐，只因丽姐是不敢惹的角色。小姑娘有见地，过些日子离开会所，跟着丽姐干，也不是不可能。

她见我去，极其热情，对我服务周到细致。见惯了一见顾客就不断推销产品的员工，见小晴那么卖力，并没有一点推产品的意思，我有些愧疚。心想等自己产品用得差不多，便在她那儿买，她有提成获得也好弥补我的歉意。

第二次再去，那天由于工作上的疏忽，同上司有些小摩擦，心中气鼓鼓，正想找个安静地方歇歇，不愿多说一句话。小晴为我服务，明显带着十二分讨好，十二分小心。会所在搞活动，店主给她们每人派发任务，完不成罚款，完成的保持基本工资，超额有奖励。她开始向我介绍，根据我的需求和消费水平，介绍本次店中的优惠活动，我嗯嗯——不多说话。她有些急不可耐，或者觉得同我很熟了，不曾留意我阴郁的脸和快要爆炸的心情。

我努力抑制自己，希望她因为看见我沉默而停止说话，其他人的嘈杂声已够我烦了，她仍一刻不停，当她正柔柔地给我按摩头部时，在我耳边小声说："姐，真划算，本次活动力度特别大，我再送您一些东西——""不要说了，我够烦了，我知道需要不需要，我来这儿是休息的，不是让心更烦的。"我大声粗暴地打断她的话，其他人也停止说话。我眼睛被面膜覆盖，看不见人的表情，但我分明感到一群人的目光向着我和她。店老板闻声赶到，让她出去，自己亲自为我服务，并连连道歉。我有些后悔，但仍沉默不语。

自那次之后，我再去，若是她来服务，几乎不多说话。我早过了把不相干的人总放在心上的年纪，心里充满歉意，想着等过段时间再解释，便表现了无所谓的态度。她愈发寡言，见我时有种如履薄冰的胆怯。

后来去很多次，她都没有在，"不是由于自己的鲁莽被辞退了吧？"问其他人，才知是请假了。同老板聊天，才知，二十几岁的姑娘，有一个三四岁的女儿，丈夫前些年生意破产，精神抑郁，沉迷于喝酒，时间久了，身体每况愈下，后来突发脑出血，做了开颅手术，得知实情，公公一病不起，不幸病逝。婆婆年纪大了，不能在外工作，又要照顾做不成任何活计的儿子和小孙女，只她一人工作养活一家人。她丈夫自从做了手术，整个人废了，不做事，脾气不好，连脑子似乎都烧坏了。

有一次小丽拿着身份证跟人合伙贷钱买手机，手机在她丈夫手里没几日，就给了合伙人。眼看还款的日子到了，银行来催，合伙人却不见踪迹，打电话已停机。按照地址寻找，哪里有这个人的影子，她才知道上当受骗了，但每月一千多的欠款，全部还清需要四个月时间。她气急，骂丈夫，人家不理不睬，我行我素。

为了生活，她拼命工作，原来在一家营销中心，所得工资不够基本生活，才来到这家会所。聪明的她会手工，工作之余，用花店买来的花和装饰品店的饰物结合，包装花朵，一束三元、五元、十元不等。两项收入，家庭开支没有问题。但新的问题又出现了，她丈夫喝酒，喝完酒发酒疯，屋子里的东西，看着不顺眼或能发泄的，统统摔打。她说，不敢置办东西，再好，再贵，在一个酒疯子眼中都是障碍物。

她曾想着不活了，几经挣扎，为了女儿，咬牙挺过。很多人劝她离开，但内心觉得自责歉疚，不忍离去。丈夫一次次故技重演，一个月的收入全部化成泡影，因为无望，她曾在夜深人静时坐在桥头号啕大哭，但她从不沉寂，选择坚强。工作卖力干，会所里业绩最好的是她；手工艺品找时间做，零零星星所得够给女儿买食品和衣物；害怕身体不好可能让家庭蒙受更大的苦难，她早早起床锻炼；其余时间，竭尽所能陪伴女儿，照顾家庭。这些日子没有来上班，是因她丈夫病情突然加重，婆婆无力照顾，她在家照看。

我要了她的微信，发给她一句话“天亮了，花会开，姐希望你幸福”。她回复“谢谢，谢谢您”。

无声的陪伴是情深义重的呵护，有声语言的问候，则是情到浓烈时真诚的关怀。

我同她和好。预定了一套产品，够我全年使用，也给她增添了收入，够她生活一阵子。我们聊天，说生活，谈爱好。她说每家都不容易，自己挺好的，再等等，等等再说，生活会越来越好。

我不语，生活的丝线在自己手中，拉紧或放开全在自己，他人再多助力和言辞只能是催化剂，动力源在她自己。

她也喜欢花，有时从花店购买，有时在旷野采摘，自己动手装饰，每一张图片都美得惊心。我采了几束格桑花送给她，告诉她，这种花看似柔弱，但它既能在高原贫瘠的环境生存，也能在内陆肥沃的地方生长，人同花比，耐力总会超越几倍。

她笑。

又是格桑花开的季节，我立在花前，仿佛看见微笑的她，朔风中前行，匀速奔跑。我的泪珠，盈在眼眶。

# 牵　手

秋深了，风刀割般撕裂着一切，秋叶纷纷，一眼望去全是触目伤怀的凋零，季节交替，时光无情。

母亲的身体每况愈下，总在秋去冬来的时候更严重。她坐在秋风里，背靠阳光，时不时唉声叹气，愁眉不展，嚷嚷自己的日子不长了，要我们早做准备。我们气得冲她大喊，有时又不得不柔声细语劝慰，母亲在，家才是家，家里才有爱的味道。

我决定带她到省城大医院做检查，小地方医院已经检查过了，诊治结果不尽人意。

第二天尚处黎明前的黑暗时，我和母亲坐上去省城的班车，去颇有名气的第一附属医院。因早有计划，找专家医生，不费吹灰之力。我忙碌着上上下下奔跑，许多时候留母亲在座椅上等候，她巴巴望着我匆匆忙忙的身影，仿佛幼燕在等待母亲的哺育，我偶尔闪过去的目光看得出母亲的落寞。跟小时候母亲领着我们到别处，我们望着母亲的样子一样。

一项项检查完毕，年老的她身体有一些问题，但问题都不大，我的心有了着落。

从医院走出来，我想带她到附近公园看看，难得到大都市一趟。

路上行人如织，神色匆忙，车流量很大。过红绿灯时，母亲走得太慢，总是错过最佳通过时间，蜂鸣的喇叭声惹得人心烦。最后一个红绿灯是交通要道，车辆更多，有人不遵守交通规则，横冲直撞，我担心母亲，害怕她有什么闪失。我顺手要牵着她的手过马路，她显然不曾料想到，手一缩，我没有牵到，回头看看她，再一次去牵，她乖乖地伸出手，身体有些微微颤抖。

好久没有牵母亲的手了。小时候特别喜欢拉着母亲的手，希望到想要去的任何地方，希望被温暖呵护。长大成人后的我不再习惯拉她的手，不愿意再牵她的手。若不是这一次，可能我从不会想着再牵她的手。从来都是“瓜连子，没有子连瓜”。

牵着妈妈手的瞬间，我不由一惊，母亲的手粗糙、干涩、瘦小、僵硬、冰凉。偷偷一看，手掌已变形，指甲颜色有点黑，手背有点点黑斑。我不由拉紧母亲的手，不忍细细端详，我怕眼泪会扑簌簌流出。记忆中母亲的手，温暖、宽厚、柔软、有力，像一小船，任我们姐妹几个在其中游弋，大风大浪不用惧怕，有母亲抵御遮挡。

是在给我们缝补衣服时渐渐变形的，还是在早起晚归为我们忙碌辛苦中变粗糙的？抑或是在生活的磨蚀下逐渐瘦下来，变僵硬的？

我们一味从母亲那里汲取营养，忘记了再肥沃的土地也需要及时补给；我们用成长索取了母亲的青春岁月，忘记用温暖给予回报。

干涸的母亲的手像风干的鱼片，不漂亮，不美观，但仍有力，她紧紧拉着我的手就像曾经我紧紧拉着她的手一样。

我们手牵手稳稳妥妥穿过马路，走到绿意盎然的花园小径。

我用手指着高高的建筑，各色的物品，各式的造型，一一给母亲讲述。兴高采烈地购买路边摊上的小玩具，拿着它絮絮叨叨，有妈的孩子是块宝，再大的孩子在母亲面前还是孩子，在母亲眼里一样幼稚。

回到家里，我要给母亲的手好好清洗，用指甲剪给她清理干净，再买一盒昂贵的护手霜送给她，提醒她及时护理，尽管知道这只是杯水车薪绵薄之力，但我还是会竭尽全力让在世的母亲好好享受生活，这是女儿迟到的感恩之心。

风小了，秋阳在头顶格外明丽。照在身上，暖洋洋，仿佛母亲曾经拉着我的手，给我强烈的温暖一般。我牵着母亲的手，向回家的路走去。

我知道，我和母亲，手牵手，还要走更长的路。

# 所谓伊人

小青一个人走在小巷里，感觉无聊透顶：清晨的小巷空无一人，寂静无声，谁家的门都关闭得严严实实，偶尔听到门吱呀一声，瞬间又无声无息。

走累了，想休息，找来找去，没有可以坐的东西，好不容易在一家门口的石案上坐下，屋子里面的狗叫声，一声紧似一声，小青忙起身离开。

她昨天晚上一直都没有睡，游游荡荡，现在也不知道自己在哪里。

假如有人问她地址，她也不知道。

手机快没电了，找不到充电的地方，关一会儿机，又开一会儿，希望有一个人给自己打个电话，或者发个短信，却一直没有。

人们都夸小青漂亮，美丽的女孩都招人喜欢，特别招异性喜欢，同性嫉妒。

爸爸两年前死于非命，具体死因，小青不知道，那时她九岁，妈妈在爸爸去世不到一年的时间里，变得疯疯癫癫，一次说要找爸爸，就一去不复返了，如今杳无音讯，她和亲戚朋友找了很多地方都没有找到，只好放弃。

她成了孤儿。一开始，人们同情、怜悯、可怜她，用余下的东西照顾她，时间久了，每一家都有自己事情，烦琐、忙碌，谁有义务照顾一个与自己无关的人？

小青孤家寡人，独自生活，她跑出从小生活的地方，到了异乡的陌生环境中生活。

她爷爷奶奶早逝，爸爸妈妈都是独生子女，近旁亲戚关系几乎没有，有几家，就像害怕摊上烂泥一样，很快和她撇清关系。

小青起初恨他们入骨，咬牙切齿，再后，麻木冷漠。世态炎凉，人心叵测，谁能够左右谁？小青干过洗碗工、送货员、清洁工，这些都是她虚报岁数才得来的工作，她说自己十六七岁，人们说不像，她说自己从小营养不良，个子矮了，身体发育不良。

世界上没有永恒的东西，快乐不会久长，悲伤不会久长，人的生命也不能够长长久久，总会走到尽头。

家人早早逝去，就是明证。自己一个人独自孤单寂寞也是。

这一次小青是为逃避邪恶的猥亵自己的男主人。

前几次不是女主人恶毒冷酷，就是同事欺她太小软弱，总以各种理由给她难堪，还把所有责任推给她，忍无可忍，不得不离开。

人越来越多了，开始白天的忙碌工作。小青也要找一份工作维持生活。“蒹葭苍苍，白露为霜，所谓伊人，在水一方。”

这是两个吃饭的学生在谈论班里的女生时用到的一句，不知道为什么，她一下子就记住了。

听那两个男同学说，伊人是美好女子，可望不可即，只有达到一定高度，才可以相匹配，才能够可望又可即。

小青记得，爸爸给她起的名字来源于“青青河边草，悠悠天不老”中的青，希望她，常青不老，永远美好。

她想，她会是那个伊人，会实现爸爸的期待。

抬头看看天，天澄蓝，阳光恰恰好，这一次，一定会有好运降临。

小青不由得加快脚步。

清晨的金粉一刹那洒满天地，有悠扬的歌声从远方传来，余音袅袅……

早安啊！

世界。

# 少年皓月

皓月立在朦胧月色中，清晖泼墨样倒在他身上，夏季高温，三伏天，知了都不愿意大声吟唱，用喑哑的歌调有气无力地唱几句，仿佛应付差事的懒惰学生。

有潮汐一样强大的力量袭来，他身体不由自主震颤几下，走几步才稍稍有些缓解。夜已深，该回去睡了，但他不想回，妈妈的叫声一声高过一声，他不应，也不愿理。

皓月今年十六岁，高中生，一切以学习为重，恋爱想都不能想，可生活在一个无爱又冷冰冰的家里，连呼吸都困难。但皓月渴望被人疼爱和怜惜，学习压力很大时希望有倾诉的地方。

他喜欢一个女生，学习成绩很好。在他心里那个女生有王语嫣姐姐的漂亮妩媚善良可爱，但他不敢表白，仔细看都没有胆量。这心情似从海里捞出的一颗夜明珠，雀跃而不敢相信，震惊又不敢触碰，紧张不安又心有不甘，现在她在干什么？今年我们会在一个班级吗？

“唏……”

一只老蝉跌落地上，发出垂死挣扎的痛苦呻吟，赶走皓月的胡思乱想。

夜晚消食的人们、值夜班的人们陆陆续续回家。从他身旁走过，好奇地看看他，有好心人对他说：“孩子，时间不早了，回去吧！”

李奶奶特意跑到他跟前说：“月，别走远，夏天人心焦躁，社会不安生，早点回去睡吧！”

李奶奶是他邻居，很和善的老太，寡居多年。儿子媳妇不经常看她，她把皓月当亲孙子，有好吃的都会给他留点，皓月也亲她，在他七八岁时，他亲奶奶早逝，奶奶疼他，他把对奶奶的爱都寄托在李奶奶身上。

他微笑，不答。

李奶奶不生气，他家情况她都知道。

有时叹息，摇摇头：“作孽啊，作孽啊！”

人越来越少，看看时间，接近零点，跺跺脚，慢吞吞地回家。

家里灯还亮着，母亲知道怪异的他，倔强，牛脾气，一般不惹他，回家早晚，留有饭菜，吃与不吃，也不多问或多说一句，他就像一头牛，常顶得妈妈哑口无言——“管好自己吧”。

以前不是这样的，他喜欢妈妈，喜欢和她一起聊几句，同学之间，老师们的特点，自己心里的想法，一股脑畅所欲言。他喜欢闻妈妈身上的味道，总觉得世界上所有的母亲都没有自己的妈妈好，没有自己妈妈身上的味道好闻。初中三年级时，熬夜，有妈妈陪伴，有时他就与妈妈睡一起，还会揽着妈妈脖子睡，妈妈那时总是笑他，长不大的孩子，以后可怎么过日子，娶个媳妇看你怎么生活，他总是说，不要媳妇，只要妈。

妈妈咧嘴笑，尽管知道是说笑，儿子腻歪自己，让做母亲的成就不少。

爸爸在皓月记忆里有些模糊，出外打工，一年四季在家时间不到一个月。从初中二年级，爸爸就一直没有回过家，他一次次问妈妈，爸爸什么时候回家，两年了，很想念他，妈妈说时有些慌张，说爸爸去国外挣钱为他上大学准备积蓄去了，问得多了，妈妈不耐烦起来，他就不问了。有时会收到爸爸隔些日子的回信，他知道爸爸忙碌，时间紧张，过几年就回来了。

高中某一天，他身体不舒服，请假回家，家里门内锁着，他叫了几声，妈妈开门，涨红着脸，家里有个陌生男人，慌慌张张。

已经懂事的他，从此开始厌恶母亲，也不再与她亲近。

洗洗刷刷，睡吧！

明天，暑期补课开始，再拼一年，就可以远走高飞。

准备报考爸爸生活的城市。

今年春节，爸爸会回来吧！

# 大哥的炒南瓜秧

家有厨师在，做饭炒菜不用愁；家里厨师一上手，赛过宴席大场面；你若吃一口，唇齿香悠悠。

我家就有一位大厨师，所以我们的餐桌生活令人羡慕不已。大哥做菜功夫十分了得，各种食材经过大哥之手，惊诧人的眼睛。

夏天是青菜泛滥的季节，其中一些宝贝易被人们忽视，在厨师大哥眼中却是一道道美味佳肴，今天先介绍大哥炒的南瓜秧，这道菜别具特色，别有风味。一是颜色青红交替，二是味道爽口翠滑，三是口留余香。

好的厨师能化腐朽为神奇，普通平常的家庭物什瞬间变成餐桌佳肴美味。家里大哥是厨师，红案师傅，炒菜能手，在一家酒店工作。难得回家一趟，家里炒菜的工作归他一人，他总能很快变戏法一样做出很多花样。

南瓜是农村常见蔬菜，每到夏季几乎家家户户门前、房后、地头都种，藤蔓四处蔓延。大多家庭只收获南瓜，我家的南瓜因为大哥，利用价值倍增。青青的藤蔓屡次被搬上餐桌。

不是任何时候藤蔓都可以用，当南瓜秧长长且上面开出黄色小花，小南瓜微微显现的时候，是煎炒南瓜秧的最佳时期。根据多年经验，被我们当作美味的南瓜秧不仅得到了合理运用，又恰好解决了藤蔓旺长而果实受亏的现状，南瓜不生虫不打农药，绿色又环保。

南瓜虽甜，却是糖尿病人的首选食材，南瓜秧更是糖尿病人的不二选择。

食材选择特别关键，许多时候，大哥不要我们插手，怕我们不小心扯下的秧苗太长，无用，影响南瓜的生长。每个南瓜秧会分出很多枝节，每个枝节有一顶头，应是截下顶头约一寸长或者枝节中间分叉处发出的约一寸长的嫩芽。用清水将它们洗涤干净，洗时不能太用力，否则叶子会变形变色，影响炒出来的效果。淘洗干净，放在阴凉地方沥干水，这样炒出来不会因水分太多而风味大变。一些人家图省事，现摘现炒，味道总不如大哥所炒。所以，这工作要提前完成。

炒时，准备家常佐料，红辣椒几枚，姜，葱。

工序、火候一样不少。大哥先用含有一点油水的沸水迅速把南瓜秧焯一下，捞出，再放上生姜、茴香和葱用油煎炸，当颜色稍稍变黄后再把已经焯好的南瓜秧放入锅中，红辣椒也一同放入，迅速翻炒几次，放入味精，佐料，盐，少许勾芡，当颜色还是青翠欲滴时出锅，这样一道秀色可餐、既养眼又美味营养的南瓜秧菜就做好了。南瓜秧菜清脆、筋道、鲜嫩，吃完余味悠长，也不会增加脂肪，维生素含量特别高，是一道健康实惠的菜品。

若是喜欢凉食，直接拿焯过的南瓜秧拌上香油和盐，味道清新爽口，颜色清新欲滴，是夏季不可多得的凉拌菜肴之一。

被许多人忽视的自然材料，因美食家而被再次开发利用，充分发挥了它更多的价值。好的美味似金子，被工匠精心打造变成各式各样的工艺品被人争相购买，美食家不亚于工匠师傅，他们用纯熟的手艺把普通材质变成餐桌上的各色美味，舌尖上的艺术，喜欢它的人络绎不绝。

大哥总在闲暇时刻给我们做出很多种食物，犒劳我们的味蕾，喜悦我们的心情，这一道道食物，不仅是一位厨师技艺的再现，更是家庭和谐幸福的象征。因为大哥，我们一大家子人团结和睦，家庭的温馨时时环绕。

精湛技艺，浓浓亲情。

## 新天地

车厢座位已满，一名带队老师姗姗来迟。刚走进车里，一名学生立即站起："老师，你坐。"态度谦虚，面带微笑。

他叫卓，卓尔不群的卓，父母一定希望他卓越。

从前，他并非如此，脾气暴躁，言语犀利，常让人下不来台。

他在我课堂上有过一次比较激越的行为。我正沉浸在文字意境中，他突然站起，大声指着同桌骂，引得全班同学侧目。我了解他的性情，示意他先坐下，等待下课再做调解。

原因很小，他同桌说我某句话有问题，他觉得我说得很对，一言不合，吵了起来。

我曾亲自领教过他的倔脾气，因此遇见问题，先冷处理。

那天早上是我辅导，走进班里，同学们已在朗声读书，毕业班的孩子们大都能认清形势。本来是语文早课，一部分人在学习其他，我立即制止，并严厉批评偷换书籍不及时被我逮个正着的同学，其中就有卓同学。我严词厉语，大家都悄不作声，拿出语文课本开始读。当我走到卓同学跟前，他直挺挺坐着，很生气的样子，我走了一圈又一圈，他仍然保持那姿势。我问：“你怎么啦？”他说：“又不是我们要学习那些科目，是别人要求的。”原来，他还在为刚才我无厘头的诘责气恼。我同他论说许久，他才慢慢吞吞拿起语文课本来看，样子极其不情愿。

从前，他跟班里同学吵架、打架屡有发生，甚至同外班学生也发生过很严重的矛盾；学习积极性不高，上课偷看手机，打瞌睡，要不就用茫然的眼神凝望远方。成绩自然糟糕。

过一段时间，我见他读书大声，专心听讲。心里疑惑，叫他来跟前问，他说他远在异乡打工的父母一起回来了，照顾他的生活起居；他读过一本书，书中有一段话令他深思：“画家费尽力气创作一幅画，在即将完成时，不小心将一滴墨水滴在画上，他很沮丧，想要放弃这幅画。冷静下来，他反复变换角度看那墨迹，随后，在墨迹上涂了几笔，墨迹变成一只飞鸟，与整幅画完美融合。”

卓变了，成绩从 70 多分，一点点攀升，在最近一次中考测验时得了 99 分。我并没有大张旗鼓赞扬他，只悄悄告诉他：“你若盛开，蝴蝶自来。”

卓有礼貌了，性情也温和了，这才有了开头那一幕。

改变是生活变美好的前提。调整状态，积极昂扬，心怀梦想，一片新的天地会展现在他面前。

## 拉琴弦的老人

两层小楼，白墙绿藤，宽阔的小院，足以容纳几百人。同四周邻居低矮简陋的房子相比，小楼显得辉煌气派。

小县城的一个角落，居住着四面八方来的人，外来的人总是盖起高高的楼房，本地的居民却住在低矮的瓦房里。外来的是有些闲钱购买了乡下人的土地，本地的因田地被收走，依靠每年分红过日子。勤快的做些小生意，日子不错，懒散的只依赖发放的分红，日子紧巴巴。

两层小楼的主人是位年逾古稀的老人，多年前搬来。当初家里热热闹闹，两个儿子、两个女儿考上大学后在他乡安居，很少回来，老伴几年前离世，家里就只留了老人。

院里常有弦乐传来。当别人家炊烟袅袅，他拉起琴弦，欢快的调子似乎在滋养自己；夜阑寂静，他拉起琴弦，忧伤的调子如泣如诉，听得人心颤。

老人极少出院子，为数不多的几次，总佝偻着身子，提着篮子购买生活用品，其他时间待在小院，拉弦。小院少有人来，他的一个女儿周末有时会来，另一个女儿不曾见过，据说他另一个女儿和两个儿子在很远的地方工作。某些个春节，小院特别热闹，老人的儿子、孙子、女儿、外孙齐聚一堂，欢声笑语不断。走出小院的老人明显腰杆挺直了些，面带微笑，拉弦的次数也少了，偶尔一两次也不成调，好像一群孩子抚着琴弦乱七八糟地拉。

某个风和日丽的午后，一家人驾车出去游玩。老人核桃似的脸上仿佛开了朵花，话也多了，会主动跟人打招呼。几个孩子叫着“爷爷，爷爷，快看”，老人笑呵呵应着。

不足几日，喧哗声寂然，儿子、女儿、孙子们都走了，老人又恢复日常，拉弦、静默、发呆，一个人孤单地购买物品。

风一吹，落叶飘下无数，去年树上残存的叶子飘下，新生的芽儿萌动，铆足劲儿吐出新绿。老人长叹一声：“又一年过去了，春天来了。”

一位六七岁的小姑娘，喜欢待在老人院外，听琴弦声。听着欢快的曲子，她高兴地跳起来，伴着节奏舞动；忧伤的曲子，她站在那儿，一动不动，不时抬头向院内看，踮着脚，像盼望着久久不归的父母。

老人几次出来，见到小姑娘，漠然看一眼，低头走了。小姑娘见到老人，好几次欲言又止。有一次她似乎下了很大的决心走向前，惊得老人后退几步，瞪着眼睛，小姑娘吓得一溜烟跑了。

那天老人心情挺好，拉弦的曲调欢快，拉的曲目是《好一朵美丽的茉莉花》，小姑娘跟着哼唱，舞动不停。老人的女儿中午带着孩子来过，给老人带了很多东西，吃的、穿的、用的，还有一张摇摇椅。演奏完毕，老人出来，面带笑意，多看了小姑娘几眼。小姑娘走上前，说：

“爷爷，你拉得真好听。”

“你喜欢？”

“嗯，可喜欢了。”

“我的那些孩子们都不喜欢，连孙子们都不喜欢我拉弦。”

“他们不喜欢，我喜欢，他们有自己喜欢的东西，我哥哥就不喜欢拉弦，他喜欢踢足球，我爸爸妈妈说我有音乐天赋。”

“好，好，愿意跟我学吗？我年轻时参加过各种各样的活动，也曾多次荣获全国一等奖，天南海北我都去过。”

“唉，如今老了，腿脚不灵便，拉弦也不能太久，参加不了节目啦！”

老人闪着华彩的眼神顿时黯淡。

“爷爷，你不老，我听你拉得特别有力量，有气势，非常动听。我们老师说，打开自己，就能拥抱世界。”

“我妈妈也说，一个人学习不止，生命就永远鲜活。”

老人喃喃自语，走开了。

小姑娘的妈妈带着她去老人家，请求老人教女儿拉弦。

小院传来不协调的节拍，一个有秩序，一个乱七八糟。后来，有秩序的继续有秩序，没有秩序的渐渐有了秩序。

老人频繁出门，同乡人打招呼。夏夜，索性搬着凳子，拿着琴弦，在马路上拉弦，累了，和着音乐听。不时有人驻足，静静听，有人趁着老人歇息，同他攀谈。

老人姓魏，七十有余，曾是全国琴弦手，七岁获得全国冠军，十几岁走出国门比赛，获得金奖。为了四个孩子，安居在这儿，孩子们一个个考上大学，飞向远方，在他乡安家。老伴前几年走了，孩子们要他去同自己生活，他舍不得有老伴在的地方，又不想给儿女们添麻烦。

拉弦是他一辈子的爱好，他和老伴就结缘于拉弦。他那时年轻，风采翩然，琴声优美，老伴着迷弦声，也着迷他这个人，如此相濡以沫一生。回忆如扯不断的线，绵绵长长。他走不出失去老伴的悲痛，倔强坚守在他能感觉到她的地方，而儿子女儿工作忙碌，开始回来频繁，但来往麻烦，次数就渐渐少了。孙子们不喜欢小城，环境污浊，地方狭窄，更不喜欢老人拉弦。小姑娘喜欢，老人重新找到了寄托和希望。

“是啊，张开双臂，拥抱世界，抱紧臂膀，只有自己。”老人对小姑娘的妈妈说。

世界再孤单，再薄凉，只要心灵丰盈，内心滚烫，都会有沁人心脾的芬芳。即便是寒冬，也能散发幽香。

# 爱到有力

他长得帅，凡见过的，没有不称赞的。

他母亲很白，他随母亲。若不是母亲头上的白发，脸上的褶子，看背影，两人宛若兄妹。母亲保养得很好，身材适中，走路婀娜，如风吹柳条。

他有明亮的眸子，似一汪泉眼，清澈晶莹，笑起来，像要挤出一大波水来。浓眉，高高的个儿，微胖的脸，给人宽厚诚实的感觉。同母亲走，两个人走得不快，交谈、说笑、同熟悉的人打招呼。累了，坐在小路旁边的长椅上，母亲总疼爱地看着他。有时会用手帕替他擦汗，轻轻地说话，就像孩提时代，母亲看到一身臭汗泥巴的我们，又气又心疼的样子。从前我并没有多深体会，做了母亲后体会深刻。

他笑，笑容如孩童般天真无邪。他有时也会用手帕拂去母亲额前的汗珠，或轻轻地拍打母亲身上的灰尘。

过往的路人很羡慕。一位上了年纪的大妈，坐在他们身旁，痛说儿子的不好，说到伤心处，嘤嘤哭泣起来。母亲笑，他笑，等大妈平复，母亲淡淡地说："孩子平安就好，你健健康康多好。"拉起儿子继续走路。只是路上偶遇的陌生人，不多解释，也不说太多。

他三十几岁的样子，从体型、模样看，他们家不是一般人家。他曾经一定是帅气风流倜傥的男儿，有过灿若云霞的爱情。

男子的形貌让我常疑心是琼瑶剧里的男主角降临，那是我青春年华中的白马王子。他的母亲让我想起自己的母亲，她们一般年纪，身上散发着为母亲特有的光芒。

有时，我走在他们后面，会放慢脚步，感受一对母子相亲相依的温馨的亲密，感受人间无与伦比的温暖。有时，迎面遇见，我会贪婪地看男子的脸，母亲的容颜。男子是我心中的男神，有成熟男子的温惇，深邃的眼睛里有柔软的情。母亲是我的典范，等自己到了那个年纪，也要具有她那般雍容温良的气度和别样的风韵。

他们是对令人羡慕的母子。

我同人说起，朋友吃惊地说："你拥有的幸福被无数人羡慕，他们拥有的不幸你根本无法体会。"

他的父亲曾是局级干部，母亲是舞蹈爱好者。三好学生的他考上大学，又顺利进入国家单位，成为人人艳羡的公务员。二十几岁，经媒妁之言与同样家境显赫的女子成婚，小两口工作之余，经常肩并肩在小城镇的路上散步，一同购物。许多家庭对汽车望而却步时，他们拥有了小城镇少之又少的汽车，且价格不菲。他和妻子有自己的小洋楼，父母有他们自己的安乐窝。巷子不大，他们的幸福人尽皆知。

一年后，他们的女儿出生了，如童话中白雪公主的小姑娘，可爱极了。长大些，又添一风景，他和她的中间是小小的女儿，女儿牵着他们的手。温馨的场景像一幅画：大手拉小手，真情永不变。

不幸发生在小女儿四岁多时，他的父亲猝死，母亲在一夜之间苍老许多。一直在丈夫的呵护下，母亲想象不出，丈夫去了，她如何活。他是孝子，放下工作和琐事，陪母亲。

也许是内心的悲痛无法释放，也许是陪伴母亲太劳累，也许是工作琐事太费神。那一晚他参加朋友聚会，不善饮酒的他喝了一小杯。开车回家时，朋友不让他走，要送他，他不让："只是一小杯，不碍事，我去陪母亲，她太孤单了。"因妻子要出差。他顺便接上女儿，在一个转弯处，他为了躲避迎面而来的货车，撞向路旁大树，车子严重变形，后面的女儿没有坐在儿童安全椅上，头部撞裂当场惨死，他因为安全气囊保护，性命无忧，可剧烈的撞击使头部受损，不认识任何人，包括他的母亲和妻子。智商如同婴孩。

妻子泣不成声，母亲泪水纵横，好好一个家，瞬息坍塌。

从此两个女人相依为命，苦苦撑起家。他不能上班，母亲办了病退回来照顾他，妻子上班之余和母亲轮流照看。

但他不认识她们。

一年后，妻子辞退工作，留下离婚协议，远走他乡，再无消息。"不怪她，二十几岁的姑娘，不值当跟着一个傻子苦熬。"母亲同人说。

母亲精打细算。学会按摩，这样有助他肌肉恢复，四肢活泛；学会针灸，帮助他理疗；学会手势，言语启发，同他交流，像教咿呀学语的孩童。搀扶不动，母亲找人制作长方形木框，让他用两只胳膊夹着，练习走路。爱美的母亲不再染发，不再穿漂亮的衣服，甚至把以前上好的衣服典当。高额的药费和生活费，仅依靠二人微薄的工资完全不够，她必须学会打算，学会生活。对于普通人也许并不难，对于母亲这样一直无忧，不曾为生活计量，不曾操过心的人来说，这种日子简直寸步难行。

母亲扛过来了。

他会冲母亲笑，会叫妈妈了，会独自吃饭了，能拄着拐杖走一段路了。后来，丢掉拐杖，能慢慢走，能用简单话语同母亲和他人交流了。母亲热泪纵横，逢人就说："我儿好了，能一个人生活了，我儿好了，能一个人生活了……”

他们从小城镇搬到小城，这里是他儿时生长的地方，医生说有助他康复。

十几年，母子二人走过风雨，跨过阴晴。他胖了，眼眸里一汪清泉，看到新闻也能评论了，母亲有时懒惰，他就做饭、洗衣服、收拾家务。母亲比以前老了许多，脚步却更有力，因为现在爱上跑步，身体结实多了。

遇见不幸，以顽强的一颗心相当，再剧烈，再无望，都会在尘埃里开出花来。

## 从前，有个老和尚

“从前有座山，山上有个庙，庙里有个老和尚，老和尚对小和尚说，从前有座山，山里有座庙，庙里有个老和尚，老和尚对小和尚说……”讲到此，我们已经笑得不成样子。

“我也会讲”“我也要讲”——五六岁的黑娃高高地举起手，脸红通通的，要求讲故事。每一个人乐此不疲，每个人都兴高采烈。

从前的我们，快乐得像首歌，不同的音符组合，唱着单调却充满无数乐趣的曲调。村庄是我们的，我们在村庄中如鱼得水，快活游玩。

白天的生活乐意无穷。簇在一起分角色扮演戏剧，几个人比赛跳皮筋的高度，用石子划出方格在里面跳来跳去；到土地里逮蚂蚱，捉蜻蜓；从地这头跑到那头，看谁是第一；到树上采摘节令的果子：桑葚、梅果、青梨——仿佛乡村的所有空间都有不可言说的妙趣，我们都能在其间找到属于自己的欢乐。

天好长，长得足以盛纳每一分纯净宽阔的心灵。天很蓝，蓝得不掺杂一点尘渍，好给每一颗无忧无虑的灵魂陪衬最美的颜色。天地够大，大到足以安放那么多大大小小火热的青春。

那些简单日子里简单的重复，曾带来无数欢腾，曾逗引无数驻足的脚步，曾让年少的心有无限憧憬与期望。

乡村的夜，没有月光时，特别黑。几点昏晦的灯光，只能照耀小小的空间。通电了，可是电费开支过多，影响家庭开支，会过日子的家庭主妇，仅用最小瓦的灯泡照明。若隐若现的灯光使夜充满神秘和鬼魅，怕黑的我们聚在灯火昏暗的老屋听老一辈讲故事。故事的主角大多与鬼有关，贫寒生活的人们，无力改变一些事，只能通过神力和咒语抵消心中的愿景和怨恨。鬼吃人、鬼保护人、人鬼情未了。我们瞪大眼睛，时不时问："后来咋样了，后来呢？"

讲的人不急，故意岔开话题，我们猴急地央求。看我们急切，讲的人才步入正题，讲述一个个令人胆战心惊的故事。夜已深，我们困得双眼打架，精彩的故事阻止不了瞌睡虫来袭。讲故事的催促我们回家，我们一个个摇摇头，说："不，我们不瞌睡，再讲一个。"

哪里不瞌睡，只是不敢回家，害怕夜路上真遇到鬼神，小命没了。大人来找，一起回家，才算结束这一夜的故事。夜睡，常有鬼神入梦，惊得大叫，大汗淋漓。再有这样的夜晚，仍乐此不疲，听得入神，不肯回家，不敢走夜路。

讲故事的大多作古，凑在一起的一群孩子早已散落天涯，变成能讲故事的人，听的人不再是一群，也很少有人耐心听几个小时。电视、手机、电脑充斥各家各户，丰富多彩的生活替代了古老陈旧的讲述方式。

从前，真的成了从前。

有月亮的夜晚有趣多了。大人在空地上闲聊，东家长西家短。孩子们聚在一起，多半玩游戏。

丢手绢是最爱的一种。一群人围成一个圆，一人拿着一方手帕围着圈子跑，趁人不注意，放在身后，抓住的要表演节目，唱歌、扭秧歌、讲故事都行。才艺平平的我们谁也不愿意被逮着，机敏地注意自己的身后。最倒霉的是胖妞，大家都爱放她身后，等她发现，起身跑时速度就慢了半拍，被捉住的可能性很大。一个晚上，她站在中央表演节目最多。她不会唱歌，不会跳舞，不会讲故事，但她会背古诗，一首一首，好像她脑海中有无穷的诗词，没有人能难得到她。胖妞语文特别好，大概源于此吧！

另一个我们热衷的游戏是捉迷藏。宽阔的空地上，有一堆堆草垛，选择某处藏身，想要找到，需费些工夫。记忆最深刻的一次，我突发奇想，跳上草垛，藏在了高处，下面一个个都被找到，唯独我没有被发现。我得意地跳起来，这不打紧，但我陷入了草垛里，周围漆黑一片，令人窒息。原来，我跳的是两堆草垛的组合体，兴奋过头，双脚陷入夹缝间，整个人一点点落入缝隙底部。我心想，完了，谁也发现不了我了，谁也找不到我了。饿死，闷死——种种可怕镜头涌入脑海。我想哭，厚厚的柴草根本传不了声音，何况晚上，距离伙伴玩的中心也很远。等待救援，也许要到天亮，或者更晚。我拼命挣扎，渐渐顺着缝隙一步步挪移，求生的欲望充斥着我的心，使我忍受被草划破脸、被锯齿般尖利的草尖扎破腿、呼吸不能顺畅的痛苦。我一点点挪步，终于看到亮光，摆脱黑暗，站在了光明的天地间。我大口吸气，空气多新鲜，生活在人间多美妙。我贪婪地望着月光，月光好美，银色的光线如白昼一样明亮。

小伙伴都散去了，偌大的空场只有我一个人，特别恐惧单独行动的我此时居然一丝都不怕。深深吸口气，一溜小跑回家去。母亲立在门口，正焦急地等待我。看我回来，数落我回家太晚，让人担心。我一声不吭，回屋躺在床上就睡，挣扎耗费我大把力气，劫后余生使我贪恋被窝的温暖。

第二天，见我脸上和腿上伤痕累累，母亲问我怎么回事，我闭口不谈。直到长大，这件事我也从不曾对人讲，不是不敢，只是少时的秘密如幽暗的花，开在心底，兀自独酌。如今新型机械把草碾碎，草垛成为记忆。丢手绢、捉迷藏早成古迹，陈列在橱窗，变成我们讲给孩子的故事。太多辅导班充斥孩子们的业余时间，更有无数网络诱惑，哪有时间，哪有心思，再敞开心扉，没心没肺地玩？

草垛变成从前的影像，我也在从前中长大成人，彻底从从前中走远。

我站在门口眺望，望着熟悉的土地，幼时的乐园，前院的媳妇容走过来。走到跟前，看到我长大的儿子，吃惊好久不见变化太大。

“小时候，跟在外公外婆后面，东家走西家窜。吃饭时，谁家做的早，就吃谁家的。特别爱哭，哭起来没完没了。现在还爱哭吗？”

我儿子笑。

容是勤劳能干的女子，犁地有模有样，拖拉机开得很有范。夫妇两个人种了几十亩地，一天到晚忙个不停。中午吃饭常端着饭碗来我家门前，说着话，饭碗放干也不回。儿子被她一逗，说喜欢吃她家的饭菜。以前，她家在我家后面，土坯房；现在我家南边、东边都有房，高高的楼房。她已做了奶奶，比起干活时，如今白嫩些，显得年轻许多，说话也干脆利落，看见儿子有种熟稔的欢喜。

我在她跟前，看到从前的影儿，久已消失的故旧情意依然种在心间。尽管不能聚首，不能谈天论地，但从前的记忆仍在，酵发成酒香，掩映于时光深处。我仿佛又回到从前。原来，从前一直都在，时间再久远，有些东西，不曾远离。

我走在村庄的土地上，少年时代的村庄像一帧精美的书笺，一页页掀开。那里安放着我年少所有的欢乐和秘密。那些真实可感的人，那些清晰可见又隐约消失的画面，那些白天夜晚的故事，那些欢乐忧愁无所羁绊的岁月，那些具体可感的事儿，好像消失不见，其实清楚无比。

隔着时光的行阵，我匆匆行走，离它越来越远。踏上村庄的脉络，一幕幕，清晰可见。在我心中，乡音犹在，乡情犹在，家乡生活的故事不会中断，村庄里的故土情意不曾更改。

# 路的尽头有阳光

二娘走了。

清晨，清脆的电话铃声里，大哥用沉痛的语气告知我们。我和先生一阵沉默，准备出发。内心感叹，走也是一种幸福，活着反而是在受罪。

二娘的糖尿病已多年，在死亡边缘徘徊过几次，若不是会医术的二伯努力救治，二娘早已骨灰化烟消散。二伯为了照顾二娘，关掉经营多年的诊所，一门心思照顾她，有十多年时间。

在楼梯口换鞋，老家的电话来，我心里一紧，最害怕早晨父母的电话打来。又有事情发生？

果不其然。母亲用气若游丝的语调同我说，要我开车回家接她来医院，昨天一个晚上都没有睡觉，人被肚胀折磨得说话断断续续。

我和老公分头行动。他回他的家，帮助料理丧事。我回我的家，接母亲住院。

原以为不过是从前一样的肚胀呼吸困难，用上药很快就好。我把母亲安顿好，由弟媳照看。又去另一个地方，为自己和儿子买中药。我们母子咳嗽嗓子疼了很久了，在很多地方治疗无果，才到一位老中医那里买中药。

没耽误多久，我心想着母亲，匆匆忙忙去，匆匆忙忙回。在医院门口遇见出来的弟媳。“妈，好像很严重，一直不停叫喊难受，叫你，为什么不回来。”看到母亲，呼吸虽稍微好点，可她大声叫肚胀难受。

问医生，然后做检查，楼上楼下，楼前楼后，弟媳和我忙得浑身冒汗。

检查结果还好，身体各项指标基本正常，后续要再做相关检查。我的心，稍稍安些。

让弟媳回家，我一个人在医院照顾。母亲已经三四顿没有吃饭，晚上我要给她打饭，她也不吃，仍然叫喊肚胀，医生给开了很多种药，用药后的母亲痛苦并不减轻。一个晚上，我不停用热水浸泡的毛巾轻揉母亲的肚子。我累得不能动，刚刚躺下，母亲的叫喊声一声接一声的大。反反复复，我有点烦，厉声对母亲说：“你能不能稍微消停会儿，我只歇十分钟，好吗？”

母亲看我，很茫然的眼神，是我从前不曾见过的。

我叫醒值班医生，问有什么办法。医生慵懒地答，要我自己问母亲的主治医生。半夜三更，怎么能够打扰回家休息的医生。请求无果，我继续奔走在热水和母亲跟前。

一个白天的奔忙，一个晚上的奔走，我觉得体力透支，身心俱疲。我有些恼怒，狠狠地敲值班医生的门，要求用办法缓解症状。医生开了药，我跑步去前楼买药。母亲吃完，也许是药物作用，也许是折腾累了，母亲睡着了。看看时间，五点四十七分，有病人和家属起床收拾，我已无睡意。坐着，等天亮，等医生来。

母亲睡了四五十分钟，醒来仍是喊痛。

医生来了。检查很详细，并特意做了胃部、腹部和胸部的检查，等片子，结果一切良好。我紧绷的心放松了一些。

妹妹来照顾母亲，我回家休息。晚上要参加二娘的哭坟祭奠，第二天上午要参加葬礼仪式。

母亲住院第三天。我趁着妹妹照顾母亲，去上班，完成工作任务。下班回家吃午饭，儿子在家过周末。先生边做饭边同我说话，不知道说了一句什么，我一下子发怒，和先生你一言我一语大声吵起来。儿子听到争吵，从楼上下来。我们各说各有理，互不相让。儿子大声制止我们，进行调停。一场硝烟弥漫的战争结束于儿子的调停中。

在医院已经有六天了，母亲的病依然不见好。我和老公处于冷战中。

儿子高三，每一周都进行适应性训练，这周练习的考试卷子是天一习题，很难的。一向以数学自傲的儿子状态不好，他觉得数学做得一塌糊涂。早晨给他送中药，他很恼怒地说不想考试，即便考试也要在试卷上写骂老师的话。眼睛喷火，情绪暴躁，整个人亢奋。我劝解许久不见效果，又打电话联系他班主任。通过班主任做工作，儿子愿意参加考试。

考试全部结束，我本答应给他送药，但因工作需要，晚上没有去。晚上七点多，儿子电话打来，说要回家，在学校一分钟都不能待。我安慰儿子，并打电话给班主任老师，又急匆匆赶去学校接儿子。半路，班主任老师说找不到人，班里，学校门口，学校里面都没有。儿子哪里去了？会不会想不开？我满脑子都是一些孩子想不开寻短见的镜头。十几分钟的路程，我觉得走了一个世纪。

班主任在儿子班门口站着，班里没有儿子人影，学校学生都在自习，路上空无一人。

昏黄的灯照得我的心，昏暗，惶恐不安。

我电话联系先生，先生告诉我儿子已经回家。你跑回来干什么？我强忍着愤怒和眼泪，告别儿子班主任。

回家的路，街灯辉煌，行人如织，路旁的歌厅传来优美动听的歌曲，一堆妇人在空旷处伴着音乐舞蹈。我的心却沮丧至极，辛辛苦苦培养的儿子，让我骄傲的儿子变成如此模样，还用极其恶劣的态度对我说：“上学有什么意思？”我的泪不由自主流出来，整个心仿佛严寒密布。

家里灯暗着，先生说他们在外吃饭，问我吃不吃。我无心吃饭，脱掉外衣，躺在床上，眼泪哗哗地流。上有老人在医院，下有孩子揪人心。我终于忍不住，号啕大哭，到家的儿子也哭，一直对我说，对不起，对不起，明天早上我就去上学。

第二天，上午十点左右。儿子班主任电话打来，说儿子在学校头脑昏沉，一点学习的心都没有。我撑着红肿的眼睛去学校接儿子回家，压制内心的悲愤，安慰儿子，带他出去转转，看望他外婆。

医生对母亲的病束手无策，要我们考虑转院。我同儿子一起办理出院手续，带母亲去一个理疗室按摩。一切就绪，时间已经下午六点多，我开车送母亲回老家。街灯次第亮了。隔一天要带母亲去省城医院，现在先安顿儿子回家。同我一起忙碌的儿子情绪稳定，我们母子又像平日那样说着各种话题，紧绷的心，得到些许安慰。

每一个中年人的时光都不容易。

那些天阳光出奇的好。冬天的阳光是稀罕物，有一点已经让人心满意足，铆足了劲的红火，人的心暖洋洋，更会得意地笑。我的心没有阳光，一片雾霾，阴郁得要挤出水来。傍晚，走在经常走的堤岸，看万家灯火，河水缓缓流淌，锻炼的人们来来往往，我突然生出一个想法，我若是别人家的孩子，还会有现如今的状况吗？他们，她们，都好幸福。

心情尽管很低沉，但带母亲去医院不容怠慢。

住院第五天，终于找出病因。肺部感染了一种病菌，很严重，危害很大的病菌——烟曲霉。医生说这病菌的感染概率很小，不知道你母亲是如何得上的。这病要用很贵的药，在医院输液更贵，回家吃西药治疗，可以缓解经济压力，但一个月仍然需要一万元左右医药费。

谢天谢地，无论多少钱，找到病因总是好的。进行其他各项检查后，医生宣布都很正常，可以回家治疗。

回家那天飘着雪花，气温并不高，我心里却有石头落地般的踏实，觉得飘舞的雪是美丽的精灵，在欢庆我们走出消毒水浓郁的病房。

到家，给父亲交代一切注意事项和吃药要求，趁着夜色回到我自己的家。

电话联系儿子的班主任，他说：“状态挺好，最近的一次考试很不错，一跃成为班级前几名。”

见到儿子，我们彼此笑笑，问：“想妈妈吗？”“当然想。”“现在还可以吧！”“嗯，还行。”我笑，让儿子早早睡觉。

有主编发来微信，几篇稿子被采纳，编辑发来样刊，稿费随后发放。

放晴几日的天，雾霾卷土重来，黑压压，雾蒙蒙一片昏沉，早晨，能见度很低。气温骤降，严寒的冬天真正来临。我走在路上，身体冰凉，心却抑制不住欢快，暖暖的。

我们要走很多的路，当然会遇到无数路口。记得，再艰险的路的尽头，都要点燃一盏心灯，都要等待转弯的机会，因为，路的尽头有阳光。

## 给老爸剪指甲

从小到大，老爸在我心中一直是伟岸、高大的形象。我觉得自己会长大，而老爸永远不会老去。

前些日子老妈住院，老爸来医院与我一起照顾老妈。在病房里，我依旧是无拘无束地跟老爸说笑谈天——在儿女心中，父母是她们的天和地，任意驰骋，自由翱翔；在父母眼中，再大的孩子也还是孩子。我撒娇地对老爸说："爸，那个给我吃点。""老爸，讲个故事呗！""老爸，你衣服脏了。"……好像长不大的女儿在父母那里找寻护身符。病床上的老妈用嫉妒的语气批评我："多大了，还像个孩子，向你爸问这问那，让你儿子看见会笑你的。"我吐吐舌头，微笑不语。

临近中午，老爸负责照顾老妈输液，我去医院外面给二老打饭。吃过饭的我带两种饭分别给老妈、老爸。带给老妈的是馄饨，适合病号；带给老爸的是焖面，老爸最爱。在老爸吃饭的时候，我无意之中看到，老爸的左手抖得厉害，手指甲好长。我问是饭太烫吗？老爸平静地说："已经有一年了，不做事，不抖；一做事，一吃饭，手就发抖。人老了，都是如此。”老爸平淡的一句话，在我听来却是晴天霹雳！我心目中的男神——老爸，何时变成了这样？

我很想帮爸爸端着碗，亲手喂他吃饭，但我知道，最深情的爱不是大包大揽、全部代替，给他适当的自我价值实现才是最重要的爱的方式。

吃过饭，我决定给老爸剪指甲。他手抖得厉害，老妈又住院，他的手指甲、脚指甲都长长了。

老爸的手很大很有力，只是布满了老茧，手指微微弯曲，手背有斑驳的老年斑。我忍着泪水，一下，一下，一点，一点，给老爸剪手指甲。

剪脚指甲时费些周折，老爸死活不同意。我央求老妈帮忙，老爸才褪去鞋子让我剪脚指甲。他的脚有点浮肿，是这几天忙碌的原因；小脚趾已经严重变形，紧紧地贴在相邻脚指头边上，像害羞的小孩子藏在大人背后；脚下有厚厚的老茧，有些脚指甲深陷在肉里，一个个指甲僵硬得似一块块石头。剪一个指甲，需要多次一点点完成。老爸几次要放弃，我都坚决反对，坚持剪完！我知道，我能为他做的太少，能做多少就做多少，以此来慰藉我内心深深的歉疚。忙着上学、工作、家庭的我，何曾在意老爸日渐年迈的身躯？

老爸指缝里被岁月磨黑的痕迹，像一把把刀子刺着我的心。就是这双勤劳、坚韧、强壮的手，撑起了一个家庭的兴衰存亡，将我们姐妹三个一个个送上理想的生活彼岸！那双铿锵有力的大脚，奔走在不同的工作岗位（老爸当过兵，然后一直在铁路局上班，那时条件不好，修一座桥，他们一帮人干活很辛苦，上桥梁高处，用脚和石灰水泥，用肩扛沙袋铁器木头，所以每到夏季，老爸的脚下总是隐隐作痛）挣一口饭食和一些钞票，供给我们姐妹几个上学。

老爸老了，手和脚都有点变形，指甲又硬又灰暗又难看，以后可能变形更严重，剪指甲的任务会落在我的头上。我不嫌老爸麻烦，作为女儿能为老爸做点事，尽几分孝心，我很欣慰。只是希望，我给老爸修剪指甲的时间，再长些，再长些，一直到永远，最好！

## 门卫“汤总”

“汤总”真名叫汤杰伟，是我们单位一领导的弟弟。单位需要两个门卫，特别是年轻力壮的，“汤总”虽然已近中年，却有小伙子的劲头，经过考核，上岗做事。

“汤总”的名号是他自己给自己封的，总管大门口一切业务往来，职责很重，堪与总媲美，美其名曰“汤总”。

关于“汤总”，除去守护门户尽职尽责，还很热心肠。每到夏天，蚊蝇骚扰，烦忧人心，许多住户想用木质门框，上面钉上纱窗，遮挡肆意妄为的蚊蝇。“汤总”听说以后自告奋勇帮助其中一家做好，工艺精致，大小合适，美观大方。这家要给工钱，“汤总”执意不要，不吸烟不喝酒，连这些也省去。

后来陆陆续续做了将近二十多个，在单位的几乎家家都安装了“汤总”设计的纱窗门，所有人家一律免费。有许多家过意不去，叫吃饭也不去，只好把饭菜端到大门口，他才很不好意思地接受，吃完饭把碗筷洗得干干净净送去人家里。

自此以后，每一个走过大门口的人都会很客气又有礼貌地同他打招呼，晚上尽量避免很晚归来，中午休息时间，不得已绝不外出。人心是杆秤，获得玫瑰花香，要记得花香来源。

我们要调离单位，将家具等一切物什搬到新居。原单位附近搬家公司稀缺，当时家里财政紧张，所以邀请要好的哥们儿帮忙。“汤总”并不在邀请范围，一是不太熟悉，二是他在门卫岗位担当重任不好意思开口。“汤总”看我家里忙忙碌碌，人来人往，打听清楚，让他媳妇照看大门，就来我家里帮忙来了。几位哥们儿忙活半天，许多重家具仍在原地不动，都已经累得有气无力。“汤总”来了以后，把我的一扇柜子，单手举起，就要下楼。我忙叫其他人帮忙，他嘴里说着不用，脚步已移到楼梯口，他让人帮忙将柜子扛在身上，从三楼一直背到楼下汽车上。其他几扇，我怕他累坏，要人帮助他下楼。他下楼时总是走在下面，并且一个人支撑柜子的一头。家中的冰箱、空调、木床、桌子，多亏他来帮忙，否则搬到日头偏西也不一定收拾妥当。

浩浩荡荡的队伍向新家进军。在向新家搬家具时，“汤总”又一个人抱起洗衣机到三楼，实木的柜子一个人扛上二楼，重量级的活计基本都是他完成。天色将晚，搬家工作全部完成。吃饭时，大家都说多亏他来助阵。他的脸竟然通红，羞涩得不知如何吃饭，与刚才生龙活虎金刚似的行为大相径庭。

“汤总”四十多岁，一米七多一点，胖瘦均匀，褐色皮肤，妻子因为做农活时从高高的麦垛上摔下，一条腿有残疾。育有一女一儿，女儿因为手术失败，要插管子大小便，儿子一只眼睛被顽劣孩童射伤，装上假眼。

“汤总”是典型的劳动人民，农闲时住在大门口照看大门，农忙时让妻子照看，自己下地干活。庄稼收成不错，日子也过得像模像样。若不是家人中的缺憾，他们应该是富足的小康之家。“汤总”勤劳善良，热心肠，最重要的是乐观积极向上，从来一副笑眯眯的样子，仿佛有使不完的劲头，忙着家里家外的一切。

不管生活多苦多难，要像“汤总”一样，做一个乐于助人、乐观向上、不惧怕磨难的人。

# 二　嫂

微胖的身材，很大的眼睛，分贝极高的调子，不可亲近的表情冷冷的、木木的，大腔小调的呼喊叫喊着孩子……可想而知如此尊容，不是碍于面子，擦肩而过都不想与她说话。

她是租住在我近旁的邻居，个体户：卖菜，早出晚归。我们闲暇在家，她已在自己的摊位上，身影隐约可见。她有三个孩子，两个儿子，一个女儿，两个儿子都有些轻微的智力障碍，女儿长得很好看，只是耳朵有问题。

几个闲着无事的人在院子里闲聊，叽叽咕咕地说是报应：对婆婆不好，卖菜短斤缺两，妯娌之间矛盾重重。我无心关注别人的事情，何况是无关紧要的人，只是看到会心中生厌，我喜欢慈眉善目、心地善良的人。

更强烈的讨厌源于一个星期天的早上。终于盼得休息日，睡眼蒙眬里，外面吵吵闹闹，一句句刺耳难听的言语传来。发生什么事情了，我们匆匆忙忙起来。只见她双手叉腰，怒目圆睁，敞亮着嗓子，骂骂咧咧。围观很多人都在劝她，不要骂了，而她，全然不顾，追赶着婆婆，用难听的话语骂着，说着，别人把她的婆婆拉走，她也跟着。人们的劝解无效，只好用车子把她婆婆拉走。而她，还在叫嚣，谩骂了很久。

人们摇头叹息，她的婆婆可是因为什么癌症才动完手术，即便老人不对，这时刻，不至于要赶尽杀绝，更添气受吧！

对她的厌恶更甚了。

因为距离很近，免不了碰面的，礼节性地偶尔打招呼，有时她会嬉笑与众人坐在院落里，但我是不敢凑言的，我信奉的是“惹不起躲得起的”。

到市场去买菜，也远远躲开，不牵扯最好。

一段时间不见了，也不在意，心底里是不放在心上的。

又一段时间，她闲散地坐在广场下晒太阳，可能闲得无聊，也买来绣品绣牡丹，惹来我的好奇，五大三粗的她能握住一根小小的针？看她有模有样地绣着，还头头是道地说着其中的技巧，暗想，这还是那个叫嚣暴怒的女人吗？还是那个不讲理的粗俗女人吗？还是那个人们眼中丑恶的女人吗？

她看我好奇地看她绣花，就对我说：“现在闲了，卖不了菜，腿静脉曲张，动手术了。”“我以前可精神了，用自行车拖化肥，两袋，一袋子都是一百斤的，拖蔬菜，两三百斤不在话下。那时孩子小，没有人照顾，早早进菜，摆好，急急忙忙地回来喂孩子。女儿就是一次发烧时耽误了最佳治疗时间，现在听力有些障碍。生孩子前因为不停忙碌，就在晚上要生孩子了，还驮很重的货物，生下的孩子，也不知道是因为营养不好，还是劳累过度，有些不爱言语，我都愁死了。”说时，眼里晶莹的泪在打转。还说为了几个孩子，吃不好，睡不好，特别是现在又不能挣钱，只依靠孩子他爸一个人，太难了。“嗨，不过，没有什么的，你看孩子一个个都大了，都很听话的，学习还行。女儿不上学了，在工厂做工，也能自食其力了。慢慢都会好起来的。”幸福的言语与刚才判若两人。

我暗生感动，她并不是别人想的那样不好。

邻居的一个老太太，租住在她临近的一楼，不经常有人来看她。有事没事，她就会去坐坐，看看，问问。一次老太太病了，联系儿女也不见来，她着急地带着老太太去看医生，问长问短。

阳光下，她与婆婆有一搭没一搭地说着家长里短，面色柔和，语言轻柔，那个凶神恶煞的她哪里去了？

谁家的小孩淘气了把她院前的青菜践踏了，她佯装发怒，而后一笑而过。

我的孩子因为上火，流鼻血，她问明原因，说知道一个很好的医生，走，我和你一起，说完，放下手中的活计，和我一起去找医生了。

多次的近距离接触，看到的她的样子和做法并不是人们传说的样子，也不是看到的表面情形，以前的种种，那一次的破口大骂应该是事出有因的。

她，我的邻居，我们都叫她二嫂。性格爽朗，快言快语，热心，善良，吃苦，耐劳，坚韧。

我有点喜欢这个胖乎乎的二嫂了。

# 那人走了

第一次看到那个人是在回家的路口，刚刚下过雨的路面还很潮湿，有土的路则更湿润。他就歪倒在土路上，我很想停下来扶起他，但听过太多被讹诈的事例，犹豫着离开了。

那以后经常见到他，在回家的必经路上。

有好心人给他被褥，铺在一家门口侧旁的水泥路上。晚上睡在此，白天在附近活动，他吃饭怎么办？我心里正疑惑，见有老妇人端来饭食倒进他脏兮兮的碗中，才明白他久居此地的原因。这里附近是一家敬老院，敬老院的好心阿姨看他可怜，给他送被褥，送饭菜，他就在此地住下了。

那些日子天寒地冻，寒风刺骨，在温暖屋子里的我们都觉得寒冷难耐，他铺一床被子在身下，身上盖两床被子，若在屋内，应该无事，在屋外是否抵挡住可想而知。但他，准备在此常住，一般每一日都能看到。打此走过的我，每一次都心有波澜，很多次忍不住要送些东西。旁人说，他有家，在附近，并且你送给他东西，他更安适在此不会离去了。

人都有一种惰性，可以安然享受某种生活，会舍不得，会贪恋下去。

不劳而获比有劳而获简单易行，劳累哪有享受舒服，时间久了，惰性十足，动力就不足了。

对他，如果给足了享受，是不是会一直坚持住下去，忍受这样的生活，更不愿意回自己家。想到此，我遏止住自己心中疯长的怜悯之心，太过慈悲有时是一种伤害。

路上行人不断，车辆不断，他的被褥蒙上一层灰土，滚落下来的沙土石子在他周围和被褥上堆积，生存空间越来越促狭。

那一天下过小雨后，被褥上湿了一大片，有人在上面放了一件棉袄，遮挡住上面不能盖到的地方。他从来不知道整理，每一天都是那个样子，晚上缩着脖子睡下，清晨起来，捡拾石子和一些碎屑，或弯腰很久，或站立仰望。有几次经过，我忍不住仔细打量，他也看我，又迅速移开，好像有茫然，有探测，有思量，有观望……

我觉得他不一定很傻，若能积极主动，生活不会太差。如今的社会，只要勤劳，解决温饱问题简单之极。

他又好像很傻，被褥遮不住身子，不知道向上拉，身边有泥土沙砾不知道挪移，头前袋子里的东西不知道拿出来铺盖，晚上睡在门外冰冷的水泥地上不知道寒冷，吃饭东拼西凑。

有几次我跑步跑到很远，迎面遇到了他，他一边走一边捡拾东西，在灯火阑珊处，与常人并无多大异处。

敬老院照看老人的阿姨有一次问他：“你怎么不去买饭？”我刚好经过，他嗫语良久，我仍没有听清楚，阿姨重复他的话：“没有钱啊！”

那吃饭怎么办？

有时他就坐在桥头石板上，一言不发，或茫然若失，或自顾自发呆，不知道路边的热热闹闹对他有没有影响。

他手里永远有东西，石子、棍棒、纸片，塑料袋子里有油条馒头，已经一月有余。

有天中午他蹲在被褥旁边呜呜哭泣，邻居飞过去问原因，说是口袋里积攒许久的八十多元钱不见了，说完继续哭，很像小时候无意间弄丢妈妈给的零花钱的自己。

飞一听，从口袋掏出一百元钱，“拿去，给你，哭什么呀，以后要好好保管。”

他接过钱，破涕为笑，宛如幼稚的孩童。

我曾把家里不穿的大衣盖在他身上，也把吃不完的饭菜送给他，儿子把自己最喜欢吃的烤串也送给他一些，他不拒绝，也不说谢谢，但脸上皱纹慢慢舒展，他看人的眼神干净单纯，偶尔有孩子般羞涩的笑意。

前天中午回来，马路打扫得干干净净，那一家门口也干干净净。但那个人不见了，去哪里了，不得而知。我心里有些许怅然若失，还有微微担忧，他若是再不回家，又会到哪里，衣食住行又该如何解决?

路口依然热闹非凡，叫卖声不绝于耳；马路上仍然人来人往；各家屋子的主人依旧安居乐业，过着日子，我们的世界依然。

每走到那里，我都会忍不住抬眼看看，那里曾经住着一个人，戴着帽子，穿破旧军大衣，脏兮兮的棉靴，灰白胡须，老态龙钟，眼神怯懦，走路蹒跚，六十岁左右的老男人。

我心里期盼，他有衣食，有居所，有人问津，安然度过余生。

# 哑　叔

我有时挺讨厌他，他不会说话，却喜欢在人前哇里哇啦地大叫。他以为别人都懂他的语言似的。我最讨厌他看见我放学就走过来，向我微笑，看我写字，指着书上的内容叫我给他讲。我时常恶作剧，故意讲些文不对题的内容，他却听得津津有味，竖起大拇指称赞我，我一脸坏笑。

他不是先天性聋哑。两三岁时，高烧不止，生活在乡村深处，交通不便。送去给村医看，被当作普通的发烧，等送到大医院，延误了最佳时机，恶性脑炎已烧坏他的某些神经。他说话本就迟缓不清楚，从此，更不能说话。

“若有好的医疗条件，牛牛不至于不会说话。多聪明的孩子，让我耽误了。”姑奶奶不厌其烦地跟我们说。我们不敢再听，继续下去，她定是一行鼻涕两行泪，外加捶胸顿足。

他是姑奶奶家最小的儿子，比我大十几岁，我叫他哑叔。我家住村东头，他家住村西头。

别看哑叔不能说话，个人卫生绝对少有人比得上。衣服整洁干净，向来是他自己一个人洗，洗得特别干净。我故意在他身上蹭灰土，他不生气，但第二天绝对换新。旁人若是这样，他就气恼得挥动拳头。他的土坯房小屋，收拾得井然有序，桌上摆放着我们曾经不用或看过的书籍。没有上过学，他如何看得懂？他们的小院和院外的空间，每一天都会打扫干净，垃圾无残留。农村院落，鸡鸭猪屎不足为奇，他们家被他收拾得相当洁净。

他跟着哥哥嫂嫂生活，一大家子活计落在他身上，但他毫无怨言。平时忙地里活，农闲出去做小工挣钱。一天工钱三十、五十都有。在家中，哪家有事情，叫他帮忙，保准干得满意度百分之一百。邻里都夸他："勤快的小伙子，可惜了……"

有好吃好喝的，他先给姑奶奶留着。对侄儿侄女悉心照顾，上街回来带着好吃的东西、好玩的小玩意儿给孩子们，也会给我。姑奶奶腿不好，家中用水需要从深深的水井汲，他出门之前，一定会把水缸提得满满的。晚上回来，用采的艾叶给姑奶奶洗脚捶腿。嫂子同姑奶奶发生矛盾，他大声嚷嚷，推着嫂子离开，然后默默帮助姑奶奶做饭，收拾。

哑叔手特别巧，会木工。树木在他手中，好像玩具，不多久小木凳闪亮登场。过不了一些时日，放笔墨的小匣子、小木人、小火车就应有尽有了。真疑心是不是从别处买来给我们的，后来，坐他身边亲见它们的诞生，终于不再猜疑，心里由衷佩服。他不会说话，但能写字，一笔一画，有模有样。许是看我们写字多了，他竟也能默写很多字，一篇长长的文章，也能完整默写。姑奶奶家穷，要是能送他上学，哑叔一定是品学兼优的好学生。现在回想起来，心里还是满满遗憾，那时真该多教他些字，不该捉弄他。他应该明白，我并无恶意，只是小孩子的幼稚无知。

和他同龄的，上学的上学，出外做工的做工，不多的几个留在家乡，也不愿意同他玩。一个不会说话的哑巴，在人心里总是残疾。他拿我们表侄当朋友，被戏弄也从不生气。弟弟在学校与人发生矛盾，他不知怎么听说了，放学堵在学校附近，拉着弟弟去找那个欺负他的同学，冲他哇哇大嚷，吓得那同学大哭，直到班主任来了，才肯放人走。自此，再也不敢有人欺负我们，大家都知道，我们有很厉害的哑叔。为此，我得意又得意。

村后边的沟壑修建大桥，以方便来往车辆，便于村中货物运输。村中人积极参与，哑叔是其中一分子。干活卖力，不抱怨，重活累活，没有人愿意干的，他都干。他好像知道，为民做善事，为后世造福的重要性。连日忙碌，营养跟不上，哑叔日渐消瘦。母亲看他可怜，把家中仅有的鸡蛋煮熟给他，他舍不得吃完，带回家里，给姑奶奶留着。

那天很平常，又不平常。人们在歇息，他扛着一块石头向上走，身子一歪，倒在半坡，石头从他身上翻过，血顷刻流淌。慌了神的人们起身，用车子送他到医院，走在半路，哑叔永远停止了呼吸。

石头砸在他的脑干，毫无回转余地。

那年，他二十出头，正是青春正盛的时光。

姑奶奶说，再过些年，给他娶一房相当的媳妇，好好过日子，也少了些自责。没有想到，白发人送黑发人。姑奶奶哭得晕厥，我眼泪唰唰流，心里的悔恨像火烧。村里人都来吊唁，连邻村的也来为他送行。发丧的队伍庞大，哭泣的人很多，男男女女，老老少少。我们一帮孩子，更是伤心欲绝。

再也不会有人缠着我们教他读书，再也听不到哇里哇啦的叫嚷，再也得不到强有力的保护，再也不会有人把最好的桑葚、最美的蝉蜕给我们。

写此文时，哑叔若活着，该做爷爷了。

回忆如溪水流淌，我想把记忆一一翻阅，也是对曾经的年少青春说一句：有你们，真好。

# 花未央，人未老

来单位有些年头了。每一天匆匆忙忙，许多人还很陌生，一些事还不熟悉。但这并不影响我的工作和心情。我能够独自一个人待着，不觉得寂寞难耐，孤独难熬。需要看的书很多，要记得东西很多。更在于，我不过分热络人际关系。

但时间久了，有些人总在眼前晃，想不认识都难。

他们是一对夫妻，退休很多年，六十多岁，在单位家属楼住着。衣着朴素，单调，男的永远是灰、蓝、黑，女的亦然。仿佛世界给他们是如此，他们便回报给世界如此。

我们不熟，对面走，形同陌路。

他们在街道外租了一间宽敞的房。照顾放学回家没有家长的孩子，顺便补习这些孩子的某些薄弱学科，照看他们完成家庭作业。农村孩子，放学太早，家长还在忙碌，无暇管理，有这样的去处，家长求之不得。收费不多，家长放心，孩子们安心。

他们的家就在单位附近。两个人是没有土地的，可我却看到，他们在农忙时，在田地里劳作的身影，收花生，收玉米，收白薯，收小麦。有机器在田地里耕耘，他们在后面撒肥料，修整土地，辛勤播种。疑惑的我，问在单位的老同志。老同志眯着眼笑，说："他们没有土地，种别人家的，种好些年了，地里什么都有，长势不错。"又说："俩人够辛苦，那么大年纪种地干什么？儿子在美国上市公司做领导，年薪几百万，让他们去，住不到半年，就回来了。你说，他们是不是没有福气啊！""唉……"

我心头一晃。他们有高工资，有那么优秀的儿子，为了一点钱，办托教班，种庄稼，太葛朗台，太守财奴。不懂得享受生活的人，不配拥有好的人生。把金钱看得很重的人，人生过得一定不从容不优雅。不能拥有从容和优雅的人生，生命太苍白。

朋友的朋友的亲戚，家里艰难，孩子却喜欢学习，特别喜欢到他们的托教班。老师会给食物，会讲很多故事，会有许多书籍可看，还能按时完成老师布置的作业，问课堂上没有听懂的问题。家里哪里有多余的钱让两个孩子都去，只能让小儿子去，闺女回家里完成作业，帮助父母做家务。可小女儿学习特别好，特别懂事，回到家赶紧做作业，忙家务，然后跑到托教班以照顾弟弟的名义看书，听故事。次数多了，女老师问原因，得知情况，便叫女孩把家长带来，说可以免费让女孩来学习，女孩的弟弟，学费减半。

朋友给我说时，眼眶湿润。她知道朋友亲戚的苦难，知道他们夫妇的辛苦。

他们还资助好多孩子，远远近近，大大小小，全是匿名。有时是直接寄钱，有时是买衣服和学习用品，单独给孩子的有，给某个贫困学校的有，给某些艰辛家庭的也有。住在他们隔壁，同他们交往密切的一位老同志闲谈说起他们时。语气平淡，面色淡然，像是在说一件特别平常的事情。

他们做得太多，做成习惯，了解他们的人便习以为常。我很尴尬，用狭隘之心揣度他人，用有色眼镜看人。

他们是一对普通平常的夫妇。曾经是光荣的人民教师，在单位工作的那些时光，几乎年年被评为优秀教师。对工作认真负责，对所教学的课程精心研究，对学生像对自己的孩子。

他们育有一子，在美国某个公司是白领，儿媳同样有高学历，高工资，孙子在大洋彼岸高校读书，学业优异。

他们两人工资不低，生活平常，日子过得波澜不惊，穿衣朴素，永远灰蓝黑；精神状态很好，在路上遇见，快七十的人，精神矍铄，神态慈祥。

雨天，老人撑着一把银灰伞，走路回家，给作物施肥。有阳光的日子，他们给阳台上的花草浇水，他拿着壶，她在旁边指挥。孩子们下学，他们在宽敞明亮的屋子里等着，有书，有食物，有暖暖的爱。

他们是万千退休职工的一员，可以在广场上舞姿翩翩，听着戏曲，下着象棋，同一帮老人，享受时光里的蹁跹；也可以到儿子那里，尽享三世同堂的家常幸福。

但他们选择留在老家，留在生他们养他们的故土，不停止工作和忙碌，默默地献出一份爱。

为什么？图什么？

父亲的解释是："我们那个时代的人，纯粹得一点污渍都没有。老了爱自己的家，不愿远离；老了依然想用自己的绵薄之力，给人带来幸福，无他求。"

"无他求"，让活着的时间，有厚度，有活力，有张力。

花未央。

人的老，有心理和年龄之分。有人年纪轻轻，心已老；有人垂垂暮年，心仍然年轻。老去的，是灵魂。灵魂老去，再年轻的生命都是垂暮；灵魂丰盈，再多的皱纹纵横，步履蹒跚，生命依然年轻。

人未老。

他们无他求，名字隐去，事迹说出，是想更多的人，能够做到。

# 第二辑　与春天同行，与时光曼舞

生活里的点滴汇聚，汇成一片恣意的情感汪洋，在春天，在时光中起舞。

## 你好，春天

嗨，你这即将到来的，你忘记了那人儿，就是那个在和煦的风里微笑又哭泣的小小的女子。

你不记得她怎么样凝视着你，在绮窗林立的坐儿上，久久张望你游丝一样飞来飞去，飞絮一样飘飘荡荡。

你的悄然轰鸣的苏醒冲开她那锁了又锁的心扉，她那眸子里蓄满的晶莹泪珠是对你悄然而至的熟悉味道的最至高又无上的感激和敬意。

孩子们在广场上尽情放着风筝，酣畅淋漓地狂欢，你的影子在时间的钟摆里游来游去，就连指尖也泛上你的颜色气息，临风飘飘的衣裙更是你信息的传递者，还有一串串丁零丁零的风铃更把你华彩的乐章奏响，似有声音在说："你，来了。"

阳光在明媚的春日跳舞，好像妙手回春的工匠在不停不歇地绘制一幅波澜壮阔的云锦霓裳图，前不见古人后不见来者，创造亘古不见的奇迹神话。

我们紧挨着你的肌肤筋络，在你晃晃悠悠的怀里安眠，那个小小的女子静静地坐在那里。

她想做一抹新绿，走在你的最前线，做你早早的春的使者；她想做你的影子，与你紧密相连纠缠不离，伴着日子而生长；她想做鸟儿，栖息在你坚实的臂膀里扬扬自得；她还想做你的血肉筋络，嵌入你的灵魂与你终身相依。你，来吗？

我开始以为你是慢慢地，慢慢地来临的，其实不是，你是一瞬间就来到的，等我察觉到你的声音，我早已在你的怀里很久了。

我起身，走近你，自寂寞，自微笑。

我欢喜你无声无息不事声张的性格，更欢喜你润物细无声的抚摸，也心悦诚服你博大宽阔的胸襟度量，这一份安静淳朴的白，这一种深沉严肃的绿，都让我怀着无比虔诚的心接纳你，欢迎你，甚至膜拜你。

我不向往富丽堂皇的肥沃，我不祈求上苍太多的优待，所以我灵魂清爽；我不幻想遥不可及的梦，所以我睡眠安恬；我不愿矫揉造作曲意逢迎，所以我心情愉悦；我不耻以活动四肢，所以我阳光健康灵敏；我省去了很多无谓的交际联络，所以我少了承诺与重压；我不做多余的口舌之争，所以我感到轻松；我尽量不再去缅怀往事，因为那些没有人情的冷漠冰冻了就不可能复苏，就算你柔情绵绵万千情谊，也无法撼动；我只要你是真的，是千真万确的实体，我不做深刻的复杂，我只做简单的简单。

我邂逅了你，是巧合，是机缘。

我触碰了你，嗅到了你，我是幸运的。

我微笑我哭泣，这都是因为，我与你相知相依相偎，才会淋漓尽致地做你的知己、亲人、伴侣，才会无遮无拦地展示真我的姿态。

你，要来，就来吧！

你这可爱的可亲的可敬的春天！

你，来吧！

## 剪一段如歌的流年

春的音讯，总在朝夕之间。

某个不经意的早晨，风中多了草木的暧昧。淅沥的小雨，带着清浅的明媚。原来，春已深，盈盈一袖间。

二月的花事染红了大地，三月，又是一场翡翠引爆的盛世风华。春日，人声，轻风，淡烟，花展。春来了，风暖，草绿，柳絮青青。菜花黄，鸠鸟催新绿，买来一支春来戴。

堤上闲游，捡几瓣玉兰花，拾一束人家丢弃的梅枝，插在几案瓶内。一个屋子，顿时有了明媚；整个心灵，充盈生气。偶遇熟人，家常话一箩筐，无非是天气尚好，孩子现状，美丽的衣裳哪里有售。熟稔地说着真心话，不熟悉的不过是客套，别后亦很快消散。

一本书，一支笔，一杯茶，一盏灯，稳坐一隅。

想知道，春的消息里，可否会有故友的帛书。思念是不可触摸的网，朝暮迭起，风来风往，来来去去。我在春的那头等你，等你的锦书来寄，等一场春雨蒙蒙，等一城柳烟花满天。

这就是春天，爱会多些，幽怨会少些。一花一世界，一草一天堂。一段情，一份爱，一生烟雨，一世情谊重。

思绪在春风里迷醉，在春光里明艳，思念在春日里寸寸见长。春天里，所有遇见，所有经过，所有对视，都在心里住下，住在你的心里，我的梦里，时常萦绕。人说时不我待，一年之计在于春。

春天有太多的希望，太多的畅想，太多的景观，有谁狠得下心不好好爱我所爱？追着春天的脚步一点点走在春天里，所有东西都是如此美妙，弹奏的旋律是一曲悠扬的欢歌。

春天来了，默默坐着。

听和煦的风儿阵阵吹，看鸟雀放开性子欢叫，看春水浩荡哗哗流淌，任流淌的心事四溢。

三月已在蒲公英稚嫩的芽上游来游去，三月已在燕回的大阵势里穿梭忙碌，三月已在迎春花的笑靥中倾城倾国，三月已在人们顾盼缱绻的眼眸里稳稳妥妥。

青翠欲滴的林荫将是新一个季节的主宰。于是，微笑着躺在春的臂膀里，让根根翠竹穿越身体，让心长成一棵树，开成一朵花。同时放飞心情，在春回大地里寻觅美丽的音符。

剪一段如歌的流年，将心事装点成花房的模样。流年转身沧海，不必追寻潜藏在光阴里的故事。时间之后，所有的所有，都将被释怀，安眠在缘起缘灭的瞬间。倘若不能遂心如愿，请相信一切自有安排。许自己一个光辉灿烂的明媚，春暖花香的日子总会来临。

人间有许多悲伤
我承担的不是全部
这样就很好

如果生命的春天时时刻刻，我想我会，保持持久的热情。用春天的温度，给自己，给他人，找到一种安稳的幸福。那就是——不断充盈自己，不断修炼自己，不断修复自己，直至内心丰盈饱满。

春天来了，我用脚步，用语言，用文字，用心灵，丈量和书写。因为我希望，在世的每一个春天都是如此平常又如此意义非凡。

还会经历时间的漫长，时间的短暂。还会在人海里杳无音信，在人群里寂寂无声。还会经历丰富，历经沧桑。但我已经，做好了充分的准备。谁的春天会一开始就烂漫美好，谁会永远跟春天握手言欢惺惺相惜。

用安宁的心，告别一场场过往，怀着丰盛的喜悦，等待每一个即将来临的下一刻。

# 第一次

万事开头难，每一个人一生都会经历无数的第一次。

还记得，你的第一次吗？

第一次从母体分离，从此开始一场人生的旅程，期间的酸甜苦辣咸，都是生命赐予的人生修行。有人倾尽一生交了不满意的答卷，有人只用半生已交出心满意足的答卷，有人早已清醒，有人仍在懵懂，有人孜孜不倦，有人优哉游哉……

第一次睁大眼睛看着世界，迷离的色彩叫人不知所措，努力向着远方迈步，有时柳暗花明，有时峰回路转，哭过，笑过，成功过，失败过，释然过，纠结过——所有都成为人生路途不可或缺的风景，存储在光阴的花蕊间，逐渐把不完美的自己重新塑造。

第一次拥有小伙伴；第一次跟父母去别家做客；第一次站在领奖台上接受众人的膜拜；第一次告别家人走在更广阔的天地；第一次看着别人相拥眼睛湿润；第一次因为动情忘记时间忘记天地忘记人间烦忧；第一次走出艰难的一步，开始一段别样的人生胜景……

第一次动情，第一次忘情，第一次深情，第一次用情，第一次惜情，第一次懂情……

当第一次成为过往，蓦然发觉，走过的路，遇见的人，读过的书，经历的事，在岁月的缝隙间，原来潜藏着无数美丽的碎片，足以丰盈灵魂的需求。

若有来生，你还会选择，现在的人生吗?

好多人说不。

其实，谁的人生能说是最好的人生?谁的人生都有遗憾，都充满许多不可确定，仔细思量，原来，最好的人生是自己独自一个人走过的，别人无法复制的，遍尝人生冷暖的。

珍惜第一次，不惧怕第一次，欣然接受第一次，就像我们这第一次开启的全新之旅，你不一定完全接受，完全喜欢，那又有什么?

第一次之后，就是陌生变熟悉的欢喜愉悦。

你说，对吗?

# 遇　见

你的今生遇见了谁？你又成了谁的遇见？

我们总是走在不断遇见的风景线上。

最初的遇见是我们的父母，他们赐予我们生命，从那时起，我们走上不断遇见和被遇见的旅程，感谢他们。

后来，会遇见许多人，相亲的人，相爱的人，相知的人，擦肩而过的人，陌生人。

每一次的遇见，好似冥冥之中，它让一切有了新的开端。陌生的变熟悉，熟悉的更熟悉，陌生的依然陌生。

当遇见成为人生中的不可避免，你还会为某些遇见暗自伤神吗？

有人说，所有的遇见都是久别重逢，一念花开，一念花落。遇见什么，遇见谁，可能都是人生每一个阶段的必需品。就像你有时候特别想吃某样东西，即是提示你的身体需要这种养料，即便最后成为身体的垃圾被排出，也是那刻的需要。

人生大部分时间都在遇见。

有些遇见温暖了行程，有些遇见旖旎了风光，有些遇见就是一场在劫难逃，有些遇见教你学会珍惜，学会爱，学会清醒，学会放弃，学会无畏……

没有哪一种遇见能清清楚楚分得清好与坏，就如人的生命没有哪一个阶段一定都是最好的，或者一定都是不好的。

我们不断行走，最终都要对曾经的自己说一声再见。然后成长，长大，成熟，变成自己想要的样子，或者你刚刚好遇见的样子。

“风往哪个方向吹，草就往哪个方向倒。年轻时候我们以为自己是风，到后来才知道我们其实都是草。”风怎么吹，我们就朝哪个方向去。有什么样的风，决定权不在你手里。遇见亦是如此，很多不在自己。

来日方长，远去的已远去，相逢的会相逢。不管全世界其他人怎么样，坦然接收一切的遇见，用心对待每一次的遇见，生命不会开花，但灵魂会有花香四溢。

善因结善果。今生遇见你，真好！

# 岁月留痕

时间肯放你走，岁月却不能放过你。

有没有发觉，一些久未见面的朋友，再见面时发觉有些不同。有人一脸慈悲，有人眼露愁容，有人嘴角有着不屑，有人皱眉叹气，有人意气风发，有人面色红润，有人一身算计……

是不是觉得，上了一定年纪后再看人，第一眼的感觉特别真，初次见面，感觉顺眼顺心的，相处会比较融洽；觉得浑身不适的，相处也别别扭扭不很愉快；觉得不寒而栗，小心戒备的，相处也小心翼翼，如履薄冰；觉得讨厌的，无论如何劝慰内心，也无法接纳；觉得乖戾的，实践证明，一点不假；觉得有内涵的，逐渐相处，果真如此；觉得浅薄的，后来证明不假；觉得厚道的，处事果真令人心悦；觉得有风度的，相处起来如沐春风……

我们以为，在追着时间走，甚至赶走了时间，走在时间之上，却不知道，时间虽然过去了，痕迹会留下来，只是换了种方式而已。

我们容貌的大相径庭，感觉不用语言就从气质风度中表现出了人的性情和几十年风雨历程里自己在岁月里刻下的印记证言，都是时间对我们的记忆，是我们被岁月记住的样子。

所以，亲爱的朋友们，为了被岁月记下美好的样子，请保持宽谅，喜悦，慈悲，怜爱，恭敬……

以后再见面，就可以很快在人群中被找到，被认出。

# 雨　落

夏天盼望一场雨，像苦等过寒暑易节仍然了无踪迹的人，像过尽千帆依然不是那个要见的人，像朝思暮想恍如镜花水月的那些心事。

人常说：“春雨贵似油。”其实，夏雨如宝贝。

夏日的阳光最真情，倾尽全力，恨不得使出每个毛孔的力气，给大地送上温暖。

有时，因为太热烈，人受不了，庄稼受不了，牲畜受不了，走到哪儿，都是热气腾腾，焦灼难耐。于是，盼望阳光不那么热烈，光照变得柔和，来阵轻风。最好，来一场雨，是那种倾盆大雨，一泻千里，无所顾忌，让天地滋润，让世界澄澈，让人心甜蜜。

起风了，云来了，天边有了下雨的征兆了。人在这个时候，会变得很小心翼翼，像怕惊扰了那块能够带来风雨的黑云。人们不跑，一场雨说不定就在眼前，跑了，一切将变成痴望。

每个夏季，若不来一两次焦灼人心的期盼，夏就似乎没有来过，不能显示她的威仪，亦不能表达她的顽劣。

多少个夏季的期盼？多少次等待又等待？

若是从老祖先算起，不计其数。若是从自己的年龄算起，也有几十个春秋。若是按幼稚的孩童来算，不过是几个冬去春来夏至。

时间不同，各自的感慨自然迥异。经历少的，很难体会期盼已久的灼烧；经历多的，才能体会久久等待的煎熬；处于中间的，时常带着审查的目光打量，想要把谜底一一揭开。

一场雨，一场夏天的雨，在不同人的心里有不同的况味，在不一样的眼睛里有不一样的意义。

于我，算是体会较深的，生在农村，长在农村，后来生活在小城，深深知道，夏雨的重要和夏天雨落带来的实惠便利。

我在很多的夏日里，特别期待一场大雨倾盆，恣意，倾情，淋漓。

很多时候愿望落空，但我并不灰心丧气，一次次期待，盼望，等待。倘若如了愿想，心底便有了孩子般的雀跃，孩子般的狂欢，在雨中，在狂风暴雨中自由奔跑。

说到底，我的心里是住着童稚梦的。任何时候，多大年岁，依然希望自己做着美丽的梦，跟随自己的心慢慢、慢慢地变老。

我在盼望夏雨中，思量；在等待中，甘之如饴。而雨，大都是通人性的，总会及时来到，给久经考验、急不可耐的人，一些安慰。

今夜，雨丝涟涟，悄然而至，给久盼的人们种下了安心，给生长的苗木播撒了希望。让雨下得再大些，风吹得再猛些吧！她们倘若懂得，该是多么幸福，多么愉悦。像某些，说，懂得，不说，亦懂得。

雨落，了然，停止，亦了然。

世上的许多事，不是说了就能明白，而不说就不明白的。常常是，说了亦不明白。

索性，闭上嘴，静静地等。夏雨，她明白人的心，只是，不一定按照人的心去做。

# 田野上的歌

树上的果子被一颗一颗收藏，风儿把叶子吹得干枯，纷纷飘落，秋天已走到尽头，冬天来了。

松鼠最爱吃的榛子遗落了一地。有的很调皮地伸出脑袋，想看看天，呼吸一下自由的空气，没有小松鼠捣蛋，它们可以安然无恙，高枕无忧。

捡拾几粒在手中，剥去外面的防护服，圆滚滚的珠子呈现面前，忍不住抚摸又抚摸。它的外壳、内里都有不同的价值，某些地方会大量收购，貌美如花的女子这样说。不由得多看了它们几眼，不想山间普通平常不过，合理利用竟大有价值。可能人世间很多都是，被能工巧匠一打磨，就成了精美的艺术品。

人，不也是如此。被伯乐发现，并鼎力相助，人尽其才，会有一番不一样的人生演绎。但，并不是每一个人都有这样的机会和机遇，遇到，一定要好好珍惜。

在逼仄的空间久了，再次走在田间地头上，看泥泞不堪，鸡鸭鹅乱飞乱叫，牛羊成群结队，小时候的时光又浮现了出来。

“鹅，鹅，鹅，曲项向天歌，白毛浮绿水，红掌拨清波”，稚童的声音在耳边萦绕。解不解其意，高雅不高雅又有什么关系呢？只要高兴、开心就行，世界上太多东西，不必要事事深究，处处了然。

一群稚嫩的孩童，奔跑呼喊，爬上高高的桑葚树采摘桑葚，拿着长木棒找寻蝉蜕换钱，为了某次话不投机大打出手，在有月亮的晚上捉迷藏、丢手绢，偷偷地摘取乡邻地里未成熟而自己早就垂涎欲滴的果子……画面像刻在年轮上的光碟，播放不停。

现在的人们，生活水平越来越高，快乐却越来越少。想必是见过的东西太多，诱惑太多，欲望高了，心灵的无拘无束少了，幸福感反而下降。

一个地方，若有山水，灵气会增加很多，如果再有一座庙，灵气则会名扬四海，当地的神秘感会大大增加。

走进寺庙，清唱的曲调，教导人心向善的软语，加上内心里的某些念想，无一不让人心生虔诚又心静如水。

能够做到四大皆空是要定力和意志力的。

始终坚信，心里明镜高悬，心念善意盈盈，自会平平安安。心意之简之静，则是积善之根。

大步走在旷野，和煦的风吹在脸颊上，一阵阵暖流潜滋暗长。阳光也来凑个热闹，忽然由冷变得这样热情，有点受不了。褪去外套，步履平缓，任心情在田野里四散。

夜里，做了个梦，梦见自己在田地耕作，播种种子，同时播种希望。

# 江　上

我喜欢自然，喜欢自然万物。

无论是含苞初绽，花红柳绿，或者是落叶纷飞，枯枝败叶；无论旷野一株大树，身边一棵小草；无论是阳光明媚，风雨雷电，都有能让人感到欣喜若狂的特色，所以，时常被感动，常常会欢呼。

冬天，万物生灵休养生息，养精蓄锐，等待来年春天的姹紫嫣红。在冬天的江岸上走，另有一番情致在其中。

春水浩荡，夏水汹涌，秋水依依，而冬水格外清冽，宛如冷艳的女子，美丽又高冷。

在江岸上行走，被阻隔在一起的水流哗哗作响，会让人生出春天来了的感觉，虽然在细流地方，水在缓慢又淡淡地流淌。

野鸭也不怕冷，清晨晨曦微露，它们就在江上嬉戏玩乐，有时不怕人，故意逗你玩一样，探一下头，进去了，又出来了，你若想捉住它们，可是要费些工夫。记得小时候，邻居在岸边伺机等候多时，以迅雷不及掩耳之势才勉强捉住一两只，那可是一位伶俐的捕鱼能手。

冬天的水是有点枯竭的，但并不妨碍捕鱼人的热情，有时会有大量的鱼儿上钩，很怀疑这些鱼儿是不是脑瓜子有恙，否则大冷天出来干什么呢？躲在角落，不上钩多好。后来听说是因冬天无食物可觅，又贪恋美食，那么，成为人们的口中餐便不足为奇。

细长脚丫、雪白羽毛的白鹭倒是一点儿不觉得冷，依旧在江上飞来飞去，有几次很想拍下它们在水中梳理羽毛，成群聚在一起谈天论地的样子，都是无果，不是太远不能真实再现，就是太近惊吓了它们，忽地飞走了。

动物和人一样，面对陌生人总会有不适。

江上渔翁正在撒着渔网，小划子船走走停停，密集排列布阵，不想有漏网之鱼，多数人自私又贪婪，对那些能给自己带来利益的总是喜欢据为己有，全部掌控，只有少数人知道留些余地，给所有人以生存空间。

渔翁在辛勤劳作，一群鸭子不合时宜地出现在他面前，他是害怕干扰自己工作，又害怕鱼儿逃跑吧！便大声吆喝，把鸭子赶得远远的。

站在岸上，看见江上的一切，一种别样的情愫油然而生。岁月深处，一些影像在不经意间被定格了。

# 秋意共长天

天上的云朵积成一堆一堆棉花的样子，在天空上飘飘荡荡。风里夹着谷物的清香，蝉不再鸣叫，虫儿开始啾啾。秋，款款走近。

想欣赏或看秋，最好走出高楼林立的城市。城里的秋，大抵是叶落纷纷，空气沉闷。乡下的秋，落红无数，云朵变化万千，天空高远明澈，秋风英姿飒爽，秋阳温婉和煦。

走出窄巷，在宽阔的野外行走。秋风轻轻地吹，伴着微凉的秋意。有时左，有时右，有时前，有时后。是鱼戏莲叶间的鱼儿，金鳞闪烁，跟人逗玩，又伶伶俐俐走远。是顽皮的孩童，青葱的，葳蕤的，人还在感叹，日子好快，一眨眼，不见了踪迹。此时，秋风完全像自顾自的妙人，来就是来，走就是走，离合悲欢，不留一丝一毫留恋。

秋风起，叶子落，金黄的叶片在空中打了一个旋儿，飘然着地。有的被风吹走，有的就地安葬。拾起一枚，可做精美的珍藏。叶落知秋，一叶系情。

独自或结伴，走在乡间洁净的小路。扑入眼帘的是一片金黄，弯腰的绿豆蔓、黄胡须的玉米、被拔地而出的花生。沁人心脾的桂花香自远方来，大大小小的车辆正在运输收获后的果实。黑黝黝的皮肤里露出艰辛又难以掩饰的喜悦。几十只长尾鸟从庄稼地扑棱棱远去，留下一道道美丽的弧线，有一两只，回过头低飞一段，怕是在留恋方才安适的所在。有老农，提着镰刀，叼着烟。一挥手，一根根芝麻秆应声躺倒，在九月的秋风里，一地喜悦，四周馨香。老妇人端着水杯，小孙子欢快地叫："爷爷，快喝水，快喝水！"一只灰白相间的小狗跑来跑去，不停地叫。秋阳，温和恬静。

最欢喜的是，走在幽静的小路，看天空中的云。秋日的云，不慌不忙，悠悠然，轻悄悄，似禅定的佛徒，对俗世的悲喜哀怨，无动于衷。只管自己一个人潇潇洒洒，享受一份安逸。如心如止水的修行者，外面如何熙熙攘攘，内心安然宁静。在自我的世界里，独享一份人生的盛宴。不必有人懂得，不需要所有人理解。

尤其动人心魄的是秋天的夕阳。"落霞与孤鹜齐飞，秋水共长天一色"，那红且迷蒙的醉眼，诱惑无数人前赴后继。天际的暮色逐渐加浓，相互辉映，晚风轻拂，一点点浸润。那是怎样一种凄婉？最美是夕阳，一天的荣光都融在最后，而后拼尽全力地给予。同那些贡献自己整个人生的无私奉献者，多么相似。

在城市走路，总有一个个十字路口为人提示方向，提醒地点。一个路口过去，又一个路口过去，目的地一目了然。乡下的路，四通八达，恣意地，甚至可以在地里走上一段，感受泥土的热情。少了促狭，多了自由；少了约束，多了自在。

在望不到天际的田野行走，远远近近的村庄，不时跃过视线，走向眼前。农家的房舍比得过城市的高楼，宽阔、雄壮。叽叽的鸡鸣，咩咩的羊群，刻着年轮的树桩。与微微轻风拉手，渐趋美妙，让人相信，最悠长的韵味莫不如此。心中不由响起《乡间小路》的歌调：

“走在乡间的小路上
暮归的老牛是我同伴
蓝天配朵夕阳在胸膛
缤纷的云彩是晚霞的衣裳
笑意写在脸上
哼一曲乡居小唱
任思绪在晚风中飞扬
多少落寞惆怅
都随晚风飘散
……”

秋渐浓，乡下的秋愈发可爱，红了石榴，紫了桑葚，流光容易逝去，这些珍贵的物品却丰富了人的记忆。

秋是多变的，有的人像秋，浑身洋溢着历经风霜之后的淡雅；有的人是秋，随落叶飘飞，走向不知归途的远方。

秋更像一位老者，经春荣夏长，虽苍颜白发，皱纹满面，依旧雄姿英发，健硕风流。这是岁月交给他最荣光的印痕，是光阴赋予他最神圣的职责。

在乡下的秋里走走，一些况味，一些感觉情不自禁而来，秋风，秋阳，秋天田野的万事万物，秋间辛苦的农人，都让内心充满敬意。

在乡下的秋里徜徉，忍不住万千思绪涌上心头，感慨万千。每一个当下，都是最美好的，若不好好把握及时珍惜，一转眼，熟悉的陌生了，陌生的更陌生。“蟋蟀在堂，岁聿其莫。”过好每一个现在，不必等待日暮西山之后。

大概世间所有的风景，都是看透了才了然。不经时间打磨的光阴，则少了圆润和通透。

# 鸟　巢

风里，你岿然不动；雨里，你安如泰山；烈日下，你尽自坦然；季节轮回里，你从容依旧；时间流转中，你保持本色不曾改变。

我以为，沧桑岁月会让你黯然失色，毁于一旦；我以为，狂风暴雨会把你击破摧毁，顷刻烟消云散而去；我以为霹雳闪电会使你胆怯，战栗地收紧你的腰肢；我以为，高处不胜寒，何似在人间的你会飘然坠落。

不，这些你都不怕，你不怯懦，不改变，不离去。

想要看到你，需仰望，因为你栖息在高高的枝杈，独立、倔强、傲然、挺立。

你们很少群聚，即使有，也是三三两两的，绝不会一大群，一大片，也许你们觉得，孤单才能够突显你们的个性。

在冬日，在旷野，在很远很远的地方就可以看到你，墨黑的圆点；走近些，好像绒线球一样的一团；再近前，才看到是由许许多多的枝干错落搭建而成，很高很大，栖在最高的枝杈之间。

你浑身都仿佛面带着微笑，望着天空，看着大地，一切尽收眼底，一切一览无余。

不时有鸟儿飞进飞出，有时会是一截树枝，有时会是一些食物，有时空空如也。你多像慈祥的母亲，慈爱地看着你的孩子们——这些鸟儿，来来往往，拿来拿去，就算不小心折断你的某一个角落，打落你手里的物什，你不忍心也不肯流露一丝一毫责备的眼神。

有一次，我很认真很幸运地观察过你的开始与盛大。

第一次看到的你只是三五枝的散落在枝杈之间，让人疑心，会在一阵微风的吹拂下洒落一地，但没有；第二天，已是更多的枝枝节节组合的形状了，我不再疑心你会掉落，那些均匀、长短不一，但又秩序井然的构造已然跃入眼帘；第三天，初步成型；第四天，规模宏大；第五天，搭建成功。能工巧匠建造房屋还要现代化的机械辅佐才能够成功，而你让人诧异，在鸟儿一枝一枝地衔来衔往里，那么快就成功了，而且狂风和暴雨奈何不了你，寒来暑往左右不了你，我想到一个词：坚毅，对，就是它才能与你匹配，符合你的性情品格。

我不知道，你会不会在暗夜里哭泣，在风霜雨雪里流泪，在高高的枝杈上战栗。

我看到的你，总是如初的模样，依旧的神情，保持着最初的本色。

是什么支撑着你？是什么让你依然如初？

是傲然独自的心？是坚持不懈的力量？是坚强不屈的个性？是积极乐观的心态？是不屈不挠百折不回的灵魂吧！

也许都有，也许，还有更多更多。我该如何礼赞你？该如何膜拜你？我知道，你早已铭刻在我心里，停在一个我永远也不会改变的居所里，时刻给我力量，时常让我警醒。

你，这一个个小小的栖息在高枝的独自寂寞又傲然屹立又孤单欢喜的鸟巢啊！

# 千百度的转弯

是谁在敲击我的心扉，让我的心动荡不安，心潮澎湃；是谁在拨动我的心弦，让我的心有节奏地律动，跳跃着美好的音符；是谁在牵引着我的思绪，让我的梦里水乡开满五颜六色的花蕾；是谁在握控着我的情丝，总是让我柔情蜜意，心潮湿不已。

因你，我变得更加青春飞扬，活力四射；因你，我变得柔弱无力，爱依窗远眺；因你，我变得冰清玉洁，纯纯粹粹，碧蓝透明；因你，我变得文思泉涌，灵感总在心里蠢蠢欲动；因你，我变得更加与众不同，潇潇洒洒；因你，我美得艳若桃花，灿若骄阳；因你，我立时傲视一切；因你，我坐时娴静如花；因你，我笑得银铃般的叮叮咚咚；因你，我狂得忘乎所以；因你，我的心由我主宰，我的舞台由我表演。你是天外飞客，你是上苍给我的恩赐，你是冥冥中的安排，有你，我会一路歌舞唱尽人间繁华。

时光太匆匆，众里寻他千百度，偶然之间，你就立于我的面前。我愿采撷人间最美丽的花儿日日将芳香弥漫在你的周围；我愿集取日月的精华，润泽你也许荒芜、也许贫瘠的黄土地；我愿插上一双灵动的翅膀，飞舞在你走过的每一个角角落落；我愿在虚幻的世界里流连忘返，迷醉其中，永远永远不知疲倦。

满目已是萧条，枯枝败叶，凉风习习，迷蒙冷寂，是如此荒凉。这样的季节如一位风烛残年的老人，饱经沧桑，瘦骨嶙峋，老态龙钟，不忍目睹，但又不知道引起多少人感慨万千，愁绪满怀，抑郁伤悲。可是因为有你，这个季节，这个情景让我熟视无睹，漠然置之，我的心纷飞着，如一只只跳着舞蹈飞舞的蝴蝶。“落红不是无情物，化作春泥更护花”的别样情怀在心头翻飞。

望着这雾霭蒙蒙的天空，就像在凝眸你雾里看花般模模糊糊的轮廓，眺望你慌慌张张急速前行的脚步，望穿秋水，泪湿香腮，忍寒风来来去去。凉凉的秋日晨风阵阵扑向身体，寒战战，冷飕飕，可是因为有你，心儿翻飞，暖暖的温热在心底渐渐升腾起来。这个季节，这个早晨，因为有你而感到时间飞逝，温暖依旧。

那个电影里美轮美奂的精彩画面有条不紊地上演着；那个天涯海角似曾相识的迷宫样的情景不停摇曳在苍莽的天幕；那个孤独无依孤苦伶仃的寂寞的心在记忆的长河里翻卷着。因为有你，这一切的一切都化作尘埃，无法开启我心的异动，心灵的悸动。那颗远离尘世的水晶已在岁月的河床上被磨蚀，可如今却亮晶晶、明晃晃地闪烁着别样的光芒。遇上你，是我的缘，是上天的恩赐，狂舞的落叶是我飒飒的化身；飘扬的云朵是我纷飞的思绪；细细的雨丝是我缤纷的泪滴；丝丝的秋日清风是我心香的纷飞；盘曲嶙峋的枝干是我不屈不挠抵挡严寒霜冻、狂风暴雨的头颅；急急忙忙的电闪雷鸣是我街舞般行走的脚步。因为有你，张扬了季节，也张扬了我。

因为有你，我不会在角色里失调，每一天都如在电影里扮演的角色一样，虽然这个角色也许只是一个小小的配角，可我却演得风风火火，演绎得淋漓尽致，心香也在不停纷飞着。有人说：一个人想要过得辉煌，你就要过得辛苦；一个人想要过得幸福，你就要过得平凡些。多好啊！平凡的我，平凡的小小的我这样的女子，总是笑盈盈，乐陶陶，走也飞舞，行也飞舞，心也飞舞，情也飞舞，如此这样的幸福，笑靥如花，这都是因为你，你是上苍的恩赐，遇上你是前世的情，今世的缘。平平淡淡的日子，波澜不惊的岁月，多愁善感的时光，因你，我张扬着甚至张狂着我的霸道与霸气，把这无滋无味的时光把玩得充满青春的风采。

缕缕清风从窗口浮来，吹起我的发丝，吹进我香飘飘的心里。我在我的角色里潇潇洒洒地舞动，是因为有你在舞台下默默静静地观望，悄无声息地注视，所以我才会这样的洒洒脱脱，无拘无束，甚至傲然挺立。你，是我生命里一抹亮丽的色彩，把我装点得粉面桃花，泪眼蒙眬，林妹妹样的惆怅满怀；也把我推动得风采飘飘，心香缤纷，大气磅礴，豪情万丈，豪迈高昂。

因为有你，曾经已是曾经，一切已不是以前，你，是上苍的恩赐，遇上你，是我的缘。

# 蝉是夏日的乐章

“垂緌饮清露，流响出疏桐。”聆听蝉鸣，眼前浮现出它们娇小的模样。头上着两根胡须，身披暗黄的盔甲，穿着薄薄的蝉翼，瞪着大大的眼睛，在绿树成荫的夏日将一首首婉转的歌曲唱响。当人们凝神谛听时，它们一齐发出分贝极高的旋律，高唱着属于自己的一份心情，人的心在不知不觉中被放开很远，像湖中被风涌起的千尺浪，澎湃着奔向高远。当人们想看个究竟，走近时，它们又不约而同停止歌唱，让人的心也跟着怦怦怦乱跳，莫非，人为的打扰，扰乱了它们抒情的思绪？世间万物都有自己的法则，对于外人的侵犯总是一副小心翼翼的样子。好在，蝉音依旧，不是在这里，就是在那里。

蝉是音乐界的歌者。尽管盘踞在不同的树梢，但好似有指挥家在统一组织，整个歌唱高低错落，音韵和谐。有时高唱，有时低吟，有时独唱，有时合唱；有时寂静无声，有时浓墨重彩。它们从明媚的春天，到黄叶飘零的秋天，不用任何中、西方古典乐器伴奏，一直用自由欢快的歌调，为人们高唱一曲又一曲蝉之歌，给大自然增添一份博大和厚重的情意绵绵，人们称它为“昆虫音乐家”“大自然的歌手”。

蝉是一位散文家。在暑天高温里，很多物种悄悄藏起，唯独它们敢把自己写得横七竖八的文章再现。或优美或干涩，或长或短，或契合季节或乱了时候，也许没有章法，也许没有韵律，也许是刚刚学会有些蹩脚，它们仍然竭尽全力抒发情感，一声声互相告白。“不要问我从哪里来，我的故乡在远方，为什么流浪，流浪远方，流浪。为了天空飞翔的小鸟，为了山间轻流的小溪，为了宽阔的草原，流浪远方，流浪。还有还有，为了梦中的橄榄树，橄榄树。”蝉用散文家的笔调将夏季人们绿色的梦萦抒写。

“春残夜静起三更，脱去金袍羽翼生。野树园林歌一曲，炎凉不变是心声。”它们的生长很奇特，在黑暗的地下生存少则两三年，多则十几年。我们看到从土壤钻出来的蝉，已经经历四次浴火凤凰般的蜕皮，最后这一次钻出土壤，爬到树干，是为了蜕去干枯的浅黄色的壳（这就是蝉壳），然后才变成成虫。蝉尽管寿命很长，在阳光下生活的时间却很短，几乎一生都在黑暗的地下度过。法布尔曾经盛赞蝉的一生：“四年在地下干苦工，一个月在阳光下欢乐。”所以它们不知疲倦的歌唱便变得理所应当，顺理成章，将生命极致绽放，哪怕是短暂的片刻。

“居高声自远，非是藉秋风。”听着蝉声，想到它们高洁的品格。蝉是动物中的真君子，高高盘踞在林梢，餐风饮露，不食人间烟火，不因为风声大小放高或放低自己的喉咙，只是用心日日清唱，将暑气连连的夏日光阴拉长拉宽拉厚重。它们不选择舒适或简陋，无论在哪儿都是一副笑傲江湖任我行的姿态：在乡间小路，在高楼林立的城市，随处可以听到蝉鸣，极远又极近，极细切又极粗犷，极柔曼又极豪放。

夏天的暑热把人们的心情逼到沸腾，夏日的蝉鸣一扫纠集在一起的灼烧，将人们的情绪飞翔在自由自在的蓝天白云下。夏日，有蝉的乐章弹奏，再苦再痛又算得了什么；人生旅程，蝉音那傲岸高洁的品格让行进的脚步变得从容淡定。

## 小确幸

跑步时，看到一片红叶，安静地躺在地上，孤单又精美，忍不住拍下来，心头温热。

绿萝的茎蔓一日日增长，清幽幽的绿意仿佛抹上一层薄薄的油浆，舒展的叶片泛着油彩的光芒，还在待放的叶儿含羞屹立，多像新生的婴孩，每一天都给人带来甜蜜的幸福感觉。

我有一株海棠花。夏天买来的，来时已经开了几朵花，经过一个夏天，又开了几朵，在低矮的颈部居然也开了一朵一朵细碎的花。

我对它的照料几乎没有，偶尔看看它，隔些日子浇点水。它活得很好，花一直不曾枯萎，凋零的几朵是顽皮的孩子们无意打落的，任何时间看它，它都开着花，不声不响。

我有时把它拍下来，作为时间的记录。它的小枝粗壮，浑圆光滑细腻，叶片椭圆，没有花香，却有良好的净化作用。在夏天炎炎烈日下，保持良好的势头，秋天来了，依旧如故。

我准备过些日子把它放在屋内，我已经褪去单薄衣衫，它也应该受到温暖的款待。它花姿潇洒，花开似锦，有“国艳”之誉，被称为“花中神仙”“花之贵妃”，属于蔷薇科木本，喜阳光，不耐阴，忌水湿。

苏轼有诗云：只恐夜深花睡去，故烧高烛照红妆。可见，喜欢的程度至深。

海棠花的花语是：温和，美丽，快乐。

村上春树说，所谓的小确幸就是：微小而确切的小小幸福。有了小小的幸福感觉，心生许多欢喜。

人们对重大重要的事情态度严肃是必要的，但不必要事事都板着脸孔。

科学研究证明，心情郁郁寡欢会缩短寿命。《红楼梦》里林黛玉就是一个典型代表，而坚持保持愉悦心情，会延年益寿。有的癌症患者在知道自己的病情以后，索性不管不顾，游山玩水，把曾经因为忙碌搁置的计划一一实现，医生寓言的短暂期限被无限制延长，甚至有的创造奇迹，病情痊愈。

邻居老太，癌症手术已经做过几年，前些年每一天都奔波在医院和家之间，头发因化疗脱落，只好买了假发戴上，现在长出新发，也不再化疗，每一天很开心地做活：在有空地的地方种些菜，拿吃不完的去卖，做些小本买卖，精神状态很好。

一次闲聊，她说她弟弟与她一样在四十多岁做过同样手术，现在即将七十，活得好好的。我问她其中秘密，她笑起来：“哪里有什么秘密，就是不要想它，该干什么就干什么，开开心心做事情。”很朴素又简单的道理，许多人做不到。

有人八卦，是闲得发慌，找些事情打发时间；有人无聊，是心里没有寄托，空虚寂寞所致；有人无事生非，是太有时间，不知道如何度过的表现。

昨天的太阳晒不干今天的衣裳，今天的阴雨阻挡不了明天的太阳照常升起。简单地快乐，幸福不期而至。

心有诗意，所有都会美好；抱怨牢骚太多，生活的美好滋味就稀薄很多；尖酸刻薄太甚，人生的曼妙味道就淡了许多。

一个人越能从细水长流的生命里体味幸福，他或她的运气就会越来越好；一个人眼里尽是丑陋和黑暗，他或她的人生就会越来越糟糕。

这是物理上的磁场强度定律所致。

村上春树说：没有小确幸的人生，就像是干巴巴的沙漠。

伸手捡拾身边的小确幸，会越来越幸福，越来越幸运。

# 指甲花开了

“咦，指甲花开了，可以包指甲喽！”爱美的女孩总是最先发现可以装点美丽的东西。

暖风一吹，夏天如约而至，夏天里的花种类繁多，指甲花总是抢先一步走到人们眼前，带给季节不一样的缤纷绚丽，带给人不一样的曼妙美好。

记得小时候，每到夏季，不把自己的指甲涂抹得红艳艳就绝不罢休。那时，指甲油在乡下丫头的世界是稀罕物，寻常人家连想都不敢想，不似现在，城里乡下，再寻常人家的女儿都要打扮得漂漂亮亮，指甲上涂抹指甲油便是其中之一。但一到夏季，指甲花开得满处都是时，姑娘们还是喜欢用指甲花打扮自己的指甲。指甲花多好啊！指甲被染成的颜色最自然，最真实，最漂亮，指甲花还有活血化瘀、治疗灰指甲的功效，还能染头发，听听，多美好。

小雨霏霏的时候，指甲花喝足了水，把花苞鼓得饱胀，第二天无论晴天阴天，也要把花儿打开。有时候夏天的雨来得热烈，被击得东倒西歪她们也不惧怕，过些日子又雄赳赳地昂首挺胸了。我总疑心她们有神力相助，才会几度红似火；要不就是有人力相帮，她们才一次又一次拔地而起，迎风招展。像那些在现实世界被宠溺的人，生活无忧无虑，一生洁净、单纯从容，外界的风雨于她们亦无力。

当我在为指甲花欢喜快乐时，雨正在屋外缤纷地舞着。我坐在檐下看雨，看雨中我的那些指甲花们。雨下得很欢畅，像一群活力四射的年轻人；指甲花在雨里静默着，像美容院正在做护理的女子，安静地让雨水呵护，以便来日更美丽地绽放。

时间过得很快，仿似腕边的风，一吹而过，等到觉察，它已走过很远。

我们的日子还很长，有许多要做的事情，有许多要遇见的美好，不急，慢慢来。

我身边青春正浓的孩子们就要奔赴考场，进行他们整个初中时光的总结，特别想写些什么给他们，又觉得无言，平日里话语说尽，在最后，觉得言语是奢侈，静静地等待，默默地凝望更好。在我，不写总是郁闷，看着盛开的指甲花，看着被指甲花涂抹得红艳艳的指甲，她们一群人的样子总在眼前萦绕，我喜欢她们，就像喜欢指甲花一样。她们有着指甲花绚烂多姿的青春容颜，有着指甲花单纯热烈生活的姿态，有着指甲花干净美好的心灵。

将好吃的东西给我的小丁，美丽的大眼睛似一汪秋水，孜孜不倦学习的身影很像一尊雕塑；把心里的郁结说给我听的小赵、小博、小楠、小雅，吐露完心声，转身投入书海继续努力；由于某些误解两个人闹得不可开交的小黄、小丁，刚刚还在赤手空拳比画招式，转而手拉着手在教室外嘻嘻哈哈；总以勤奋不懈形象示人的小李、小冕、小敏、小刘，依旧是聚精会神地在书海无涯之中遨游；上课总是昏昏欲睡不知所以然的小张、小杨、小鹏，一改昨日风采，精神抖擞地在题海战术中找寻人生的方向；曾经左顾右盼不肯安静的小詹、小燕、小欢，现如今静静地坐在位子上一言不发，手捧书籍，口中念念有词；喜欢打扮的几个女生也收敛自己，大声读着课文。整个班级沉浸在一股浓浓的学习氛围中，她们知道，决定人生转折的第一次考验时日不多，只能不管不顾，勇往直前。聪明的她们，知道孰重孰轻，这便是他们最最可爱、最最讨人欢喜的地方。

她们是青春热烈的年轻人，她们用勤勉的身影不断为了梦想拼搏，她们将欢喜忧愁肆意渲染，她们不倾城不倾国，却愿意倾尽所有。这是一群多么可爱，多么有希望的孩子。心里有点舍不得，为了她们更美好的未来，我将祝福的话语说得动听又悦耳，把心中的不舍和酸涩溶解在甜蜜的祝福里。

我不能像喜欢指甲花一样将她们据为己有，但我可以笃定像喜欢指甲花一样永远喜欢她们。

我在百度上搜出指甲花的寓意，它是：直率、热情、坦诚。它还有一个寓意是：怀念过去。

多像年轻的你们：率真、激情、诚恳、有活力。多像成熟的我，喜欢怀念每一个值得怀念的美好。

# 风中香

初夏的风并不烧灼，暖意中夹杂着丝丝缕缕清凉，风再大些，竟然有春天来了的感觉。

今天的风很大，在屋内能感觉到呼呼的风声，想在室外打球，可能不行，我等待夜晚来临，就到附近公园跑上几圈，一天的运动量便解决了。

朋友发信息要看看新铺的场地，相约一起到体育场打球，对于朋友的盛情，我一向很少拒绝，更何况是要好的姐妹。

工作之余经常在体育场混日子的我已经在那里很多年头，熟悉的球友很多。场地变得越来越好，新近，地面铺上了塑料地膜，干净整洁，布局美观，打球的心情更好了。朋友便是在我发出的图片中了解的情况，然后想看看。

风很大，出去的球乱飞乱窜，我们仍是欢快地打球，捡拾，说笑，大风扰乱了我们的正常发挥，但是愉悦的心情并不受影响，像路边的树，青葱就青葱，枯黄便枯黄，季节改变，它只按照自己的样子活着。

十几岁的小男孩跑到我跟前捡球，口中大叫："老唐，老唐，捡球。"我心生懊恼，小小顽童，向一位年且七十的老人直呼名号，若不是心有顾虑，真想教育他一番。

白色的小球在风里飞舞，像花朵，开在枝头，飘落随风。头上的阳光很大很明亮，树荫下的我们并不担心，且有风吹散热量。

我们停下来歇息，一群人在说笑。那个小男孩叫着："师傅，师傅，快来打球。"被叫作师傅的是张大哥，球场老客。同小男孩打了几场球，球技被小男孩佩服，便要拜为师傅一起打球。场中的人们嬉笑老江湖的张大哥终于有徒弟膜拜，有一些新手早就被冠以师傅名号许久，其实球技不能细说。

小男孩胖胖的，说话的口气充满稚气，换了几个人同他打球，他都一边打球，一边叫嚷换人，一定要让他师傅张大哥上台，惹来众人哄然大笑，不过是笑他孩子气的单纯可爱。小孩子的意愿很简单很直接，喜欢的人直接表达，不喜欢的当场拒绝。曾经的我们不也是如此，爱与恨那么纯净简洁，童稚的时光像一杯纯净水，白色、无味、解渴，令人回味。

球一场接一场打着，时间在谈笑间灰飞烟灭，阳光转换姿势挪移到另一个地方，空气里的热浪渐渐稀薄，奋力打球的我们衣服被汗水湿透，脸上的汗珠滴滴滚落。我们在五尺台案上将一枚小小的乒乓球玩转，欢喜的心情无法自制。微笑的脸庞似开满了花朵，风里有汗水、泥土、花香，还有，人心绽开的馨香。

风小了，太阳慢慢西移，黄昏的钟点即将敲响。

挥舞球拍的我们要暂作告别，小男孩满头大汗，跑到歇息的张大哥面前，相约明天再来。我们要他先举行拜师仪式，才能正式开始授课。小男孩摸摸头："真要拜师？像孙悟空给他师傅行礼那样吗？"然后一本正经，双手合十，口中念念有词："师傅，师傅，悟空这厢有礼了，记得明天再来教我打球。"

我们被孩子的烂漫天真逗乐，夕阳的余晖恰好照耀在孩子脸上，孩子的脸好像被撒上无数颗珍珠，晶莹多芒，放射光彩。

生活需要美好，美好是每一个纯真的简单叠加。

# 夏日清唱

只是一个转瞬，裙摆飞扬，绿茵成盖，水势浩荡；

仿佛一个疏忽，阳光炙烤，瓜棚冰点，蝉鸣阵阵。

六月的歌谣渐渐喑哑，夏天的脚步像疾飞的小鸟，一下子蹿到人眼前。“力尽不知热，但惜夏日长”“接天莲叶无穷碧，映日荷花别样红”，诗人总喜欢用词句将夏天的时光渲染，生活中的人们习惯把日子拉成一串串音符轻轻地弹唱。

凉爽的清晨便成为大伙最惬意的晨练时间。邀约几位知己朋友，跑几圈路，打几场球，跳一段舞蹈，唱几首美妙的歌谣，酣畅淋漓，笑靥如花。空气中瘀结的燥热，一扫而空；生活里一些不愉快，随之消失。不是要及时行乐虚度光阴，而是用一种方式调节改善，以便用更饱满的姿态继续演绎每一个日子的现场直播。

在夏日最开心的是能够吃到冰凉饮品和各色水果蔬菜。各种味道的雪糕、冰激凌扰乱人眼球。有闲情逸致的，自制一盘水果沙拉或牛奶雪糕，用最原始的食材为原料，摆成自己喜欢的风格，放在冰箱冷藏，一段时间之后拿出，对喜欢凉品的吃货来说，简直就是一场极致盛宴。紫色和绿色的葡萄引诱着人的味蕾，各种瓜果蔬菜层出不穷，人们口中一边大呼夏天不想饮食，一边随手拿起手边各种果蔬大吃特吃。有人因为贪食，闹肚子，胃隐隐作痛，下定决心要痛改前非，戒掉贪吃嗜好。当疾病消失，曾经的誓言抛之脑后，再吃一次又如何？再吃就再吃。一年四季只有夏季可以放开肚皮尽享蔬果，机不可失时不再来。

夏天的阳光很毒，正午时分，最好在家休养生息。它火辣辣地照耀只为庄稼快快生长。“一日三竿，庄稼截然不同。”农家地里的花生和玉米，有充足雨水，炙热艳阳，仿佛拔地而起的高楼，眨眼工夫会蹿出很高，一节节攀升的藤蔓藏着许多微笑的脸庞，那是农人秋收时开心的畅想。因此，热就热点，为了万物生长，牺牲个人小资情调，何况，在家中安享家庭和谐，不也是一种美妙的生活享受。

夏天有意思的是还可以游泳，不似其他季节只能在室内，还被冻得瑟瑟发抖。天大地大，野外一方干净的池水，便成了孩子们欢笑的乐园。犹记小时候，家乡的小塘并不干净，我们一群小屁孩时不时在里面嬉戏。皮肤被毒日头晒得黝黑发红，也依然乐此不疲地在水塘里玩耍，手被泡胀，肚子饿得咕咕乱叫，方才上岸回家。如今的孩子们只能在指定游泳馆游，并有成群的大人在一旁看护，安全问题保证了，却少了几分野趣，少了一些洒脱不羁。科技进步，人们的功能慢慢退化，许多孩子早已对戏水毫无兴趣，只愿沉浸在网络世界不能自拔。

每一个夏日都有不能忘却的回忆，每一年都有一个夏日值得欢呼雀跃；每一个人一生会度过许多夏日时光，每个人对自己的夏日记忆会有不同感悟。我看着自己对夏日的感慨，畅想着别人的夏日时光，好想，从星星点点中把所有人的夏日时光拉宽增厚，以便我们的精神强度增强，灵魂深处的缕缕芳香增加。

站在夏日的门槛内，对夏日吟哦闲话，目光渐渐明亮。因为我相信，年龄可以老去，夏日时光会经常度过，丰满的记忆会留下很多很多甜蜜的畅想。

# 落雨无声

晨曦的微光尚有一丝灰蒙蒙，我窗外的鸟儿已经开始了一天的工作。唱着婉转的歌谣，在枝头间跳来跳去。有胆大的竟然跳到我的护窗栏杆内侧，伸头向里面仰望，恰好与仰头看她们的我，目光相遇，我觉得羞涩，她们居然不怕我，目不转睛盯着我，然后转动几下头，飞走了。

我忽然很欢喜。

跟鸟儿为邻，同鸟儿相处，简单、干净。尘世万千，简简单单地生活有时是一种奢望。鸟儿之所以如此欢呼奔走，是昨夜一场夏雨给了她们灵动的思维和洁净的环境，同样受益的还有我。

持久的燥热灼烧，早就把心脏烤爆了，整个人好像在火焰山上行走，急需要铁扇公主的芭蕉扇将烈火扑灭。来了一场雨，伴着一阵风，空气里的燥热分子被灭绝，鸟儿和我的心情自然欢喜。

于是，我叫醒儿子，伴着脆脆的鸟鸣，开始晨练。

地面潮湿，路上有积水。花草树木上缀满晶莹的露珠，蝴蝶花开得很欢，一排排，五颜六色，姹紫嫣红，远远看去，很像一个个顽皮孩子的脸，一会儿伸长头，一会缩在暗处等你来找；走近看她们，五瓣、六瓣、八瓣的花朵呈扇子形，高高低低，一前一后，交错分布。儿子说，她们像数学里的排列组合。

一路快走，一路闲谈。

儿子谈起朱元璋，说他与年轻时的朱元璋很像，都太苛求完美，不肯听从别人意见，走了一些弯路，后来明白，太过完美其实不完美，一些有益的话语听听，可以少走弯路，少犯错误，少走误区。此时，东边的朝阳正冉冉升起，我的心变得特别柔软。逐渐长大的儿子令我欣喜，少年的他时常有新见解和思想。

儿子给我讲古代的事例。古代有大户人家，会在雄伟壮观的院子前面，修建一方小小的窝棚，他问我是做什么用。我猜是孩子们玩耍的，儿子摇头；我猜是方便牲畜安居的，儿子摇头；我猜是丢弃垃圾的，儿子笑了，妈妈也有不会的难解之题。

“它是专为一些贫寒无所依的人们修建，方便主人用衣食安抚居住在里面的人们。”儿子告诉我。

“若是写文章，该如何来写？”儿子问我。

“善良就是细微事务的善举！”我脱口而出，做母亲的不能事事落在儿子后面。

“应该从正反两方面去写人性，再从古今对比来表现善心。”儿子振振有词。

“我会抓住善良的德行品质通过美好的语言表现人物性格和人物特点。”我毫不客气地说。

我们各自站在自己角度诠释问题，儿子采用议论文形式作文，我会用散文笔调抒怀。

我说：一个是女性的特质，一个是男子汉的性情。

儿子于是说起他班的一个女生，喜欢写作，特别喜欢散文和小说，那女生的理想是开一家书店，过自己小富即安的生活。

我扑哧笑了。“文艺女青年，年轻时都是这个样子。”曾经的我希望开一家花店，每一天看着各种花，读着油墨香的书籍，或者开一家书店，听着优美的旋律，看着自己喜欢的书，看着喜欢书籍的人们来来往往，长大以后，生活并没有按照自己设想的样子，却也能在工作的闲暇读书、写文、听歌，欢喜着，简单地生活着。

“落花人独立，微雨燕双飞。”心有千千结，青春不后悔。我愿这种有文艺情结的女子都有美好的未来，都能幸福生活。

散散乱乱的雨丝在飘荡，我手捧几滴落在掌心的雨，努力让它们在我手中存留时间久些，不一会，雨从指缝间流走，一滴不留，落地无声。

在这个清晨，喜悦我心情的鸟声，开得灿烂的花儿，儿子同我随便的交流，无声、绵密，注入我心底深处，温暖我、柔软我。

人烟世俗，平凡生活，每一天有自己欢喜的事情可做，每一天都有梦种下，每一个明天都充满希望，人生至此，也是无声胜有声的盛景。

# 一朵花

如果我变成一朵花，盛开在万花丛中，又在阳光下快乐跳舞，与风一起去旅行，尽情享受细雨洗礼，你能够认得我吗？

有顽童顺手摘走我身旁的一朵，你担心吗？你焦急如焚大声地喊："调皮鬼，你藏哪儿呢？"我就站在你近旁，一言不发，偷偷地发笑。

我开成娇艳欲滴的模样，散发淡淡的清香，当你躺在摇椅上休息时，驱散你工作后的疲惫，在这迷人的芳香中你酣然入梦，我张大眼睛替你守护。

当你歇息以后，精神大振，弯腰侍弄你的百花园，我就故意闭合眼睛藏在一株花枝后面，你不畏艰辛终于找到我，伸手轻轻地触摸我的脸庞，我羞涩的脸颊一定通红通红。

当黄昏的钟点敲响，你走进屋子读文，微风带着缕缕幽香飘到室内，我和你一样喜欢在文字的天堂遨游飞翔。

你看得累了，拿着书本睡去，我替你合上书页，默默地退回枝丫，安静下来。

清晨薄薄的凉风习习，你打开窗呼吸新鲜空气，有些枯萎的我，出现在最醒目的位置，是要提醒你“天气转凉，注意添加衣服”。

一场秋雨，一阵风，我的花瓣纷纷零落，你拿起扫把收我进囊中，又把我堆在花丛根部，你希望我变成泥碾作尘，让我的芳香依旧，总是会在微雨过后和泥土一起发出醉人的香味。

冬日的某一天，阳光明媚，淡淡地照在书案上孜孜不倦的你，忽然抬头，在窗子的一隅，你看到曾经的姹紫嫣红已经变得萧瑟，眼眶发热，心情低沉，你黯淡的神情让人心疼。你无聊地翻动那些书籍，一枚花瓣从扉页飘出，你欣喜若狂，那是我偷偷藏在这里的，希望在某个时间给你慰藉。

你若问我“你从哪里来，要到哪里去”？

我笑盈盈贴在你手心，沉默不语。

# 落花成冢化泥香

一地银黄，随风而动，极远的远方，我的目光被掠夺似的吸引。

有要奔跑跳跃的欢喜。

这是属于我的，秋天最美的童话。满地黄叶，像一只只安静歇息的彩蝶。

仲夏夜的梦，终于在秋天的时候成为现实。银杏叶完成了自己在春夏所有章节的使命，用一种盛大结束使命。纷纷坠落，纷纷飘散，纷纷扬扬。片片落叶带着它特有的淡淡幽香，在它的世界四散开来。它是歌者，用力舞动；它是写作者，拼命抒写；它是旗帜，是秋已深深的标志。季节里有它，色彩更斑斓。

它是凡尘一粒种子，哪里都可以安家落户。

在路旁，在街道，在人家院落，这样的盛景层出不穷。它肆无忌惮又悄无声息，它狂放不羁又娴静如云，它小桥流水又明丽如画，它恢宏大气又婉约悠扬。它把唯美和温情脉脉一并奉献。我时常，在它一地银黄里沉醉，沉醉不知归路。我愿，此情此景久长时。

闲来游逛，走到树木荫翳的柏油小路上。在目光所及的远处，有满地银黄，闪闪烁烁。“桃之夭夭，灼灼其华”，那是《诗经》里桃花缤纷的容貌。“杏叶夭夭，灼灼其华”，这是当下杏树缤纷的姿态。

想要奔去，在它怀里。歌着，舞着，胡乱地说着。

现在，它正天女散花般在和煦的秋风里摇曳。它会去哪里？落花成冢，零落成泥，碾作尘，护佑下一代生命。

我是它忠实的陪伴者。

当它还在青翠欲滴时，我时常会依偎在它身旁。倾听它在风里如泣如诉地清唱，冥想它如何在风雨雷电的气象变换中逐渐苍绿。有时，我会抚摸它一下，想用我单薄的力量给予它温暖，以便，它能更好地向前、向上、向未来进军。它该知道。我从它不断挥动的绿手臂中觉察，它懂得。懂得我细小的心思。

当它因为秋风习习，叶子开始发黄时，我走近它，对它说：“世间万物，繁华寥落，是自然规律，离开是为了更好的开始，零落是为了再一次重新绽放。”我怕，怕它因枯萎心酸，怕它因离别而伤感。我想用自己的绵薄之力，抚慰它的灵魂，慰藉它寂寞的心情。

我小瞧它了。

它挺直腰杆，枝丫高昂，落叶无息，悄悄地在它的树干下，组成一个圆圆心形。它在说：“叶落了，我们也永远在一起。我不怕，不怕。”

风在笑。秋虫在低声吟唱。旁边的红枫咧开了嘴，她们说：“我知道，我知道落花成冢化泥香。”

天上云悠悠。秋雁排开阵势在空中做最后留恋的告别。汽笛声声，他们说：“甚好，甚好，叶落归根杏叶到家好幸福。”

我转过头，暂别满地银杏叶儿。我明白，最好的深情，不一定是陪伴，而是适时离开，留给它，独自空间。

霜深露重，落花成冢，满地银杏叶落花成冢。

我又回头，专注地望着它，很久，很久。有一瓣银杏叶竟落在我脚边，我捡起它，捧在手心，准备带回家，做珍藏。

盛大地来，盛大地去，这是银杏树最伟大、最迷人的所在。

红尘万丈，来也匆匆，去也匆匆，亦有如银杏树般，在活着的每一天都将生活装扮得多姿多彩。无奈离开，也将告别的方式进行得气贯长虹。

“生如夏花般绚烂，死如秋叶般静美。”生物和人，若有这般况味，人生已经丰盈美满，无多遗憾。

# 第三辑　缘分的花已绽，岁月日渐静好

当尘缘已定，只在岁月间留恋，让每一个日子弥漫馨香。

## 缘分的花初绽

时间有时特别短暂，有时又极为漫长。我们都经历过一逝而过，也经历过苦苦的等待。

在窗台上，我曾支起胳膊，呆呆冥想：人生的意义在哪里，未来的路如何走，甚至以为，我的世界只有灰色和暗淡。

窗外的鸟儿，无拘无束，飞来飞去，叽叽，啾啾。枯枝光秃秃，毫无生气，绿色的叶子还要等待一些日子才能满树。鸟儿并不理会，照旧在枝间跳跃。不过，它们的叫声明显不同，夹杂着欢快的旋律，跳起的身子，敏捷又轻盈。

走过漫漫四季的我，仍立在窗台，用胳膊支着，安静地凝望。我不再想人生的意义在哪里，不再理会未来的路该如何走，我只在乎，要做什么，该做什么，随心而做，尽心就好。我以为，世界有灰色和暗淡，必定会有绿色和明媚。

过去和现在，我一样喜欢做梦，一样喜欢思维信马由缰自由驰骋。但我知道，年轻青春的脸充满生机，饱经岁月的容颜蕴含从容。

阳光出奇的好。

空气里仍然有微寒，疏朗的太阳光叫人心生无限暖意。

走进园子，一树淡黄的花开得正欢，一朵朵，向着阳光微笑，旁边的一枝在做奔跑状，好像在等待一声令下，就立即展翅飞翔。一股股清香沁人心脾。我经过它身旁很多次，从它油亮的青枝，到含苞待放，到如今花开满树，都一一做过记录。曾想脱口而出它的名字，好同人炫耀，努力地想啊想，却一直不能准确叫出来。

一首诗划过脑海，我知道它是谁了。“迎春故早发，独自不疑寒。畏落众花后，无人别意看。”

为了迎接春天的到来，早早地开花，只有我独自不曾怀疑寒冷冬天已过。我是害怕，开花晚了，会落在其他那么多花的后面，就不会有这么多双注视的眼睛了。

是的，蜡梅，蜡梅开花了。一树鹅黄的花，修长的枝条上一朵挨着一朵。它们知道自己的一生短暂，每一朵都拼尽力气盛开，绝不辜负时光留给它们的这些时机。

假若能够，我愿有一杯清茶，一本闲书，一张桌椅，静静地守护在它身旁。也明白不可能，但每一次经过它，我都很敬畏地凝望，就像看我的孩子，看最亲近的亲人。

我喜欢花，更愿意探寻芳香背后的美丽。

它从发芽到开放，历经冬去春来，日日夜夜，星露餐宿，雨霜寒流。人们常常留意它们盛放的美丽，但它们所经历的时间，经过的历程，通常被忽略。就如同，人们大都愿意分享成功的喜悦，不愿意接纳路途的艰辛；愿意仰慕收获，不愿意接收过程。

我看到鲜艳的花朵，亦看见藏在后面不为人知的坚持不懈。我赞叹花开时赏心悦目的美好，亦欢呼一路走来，旅途中，边走边快乐的心理路程。

看到一朵花，顺应时节，迎接春天。我清楚，缘分的来到可遇不可求，时间能定格，能成为过往，能变成回眸。一切有着必然，一切藏着偶然。

时间有快，有慢。

我的青春经历过的，年岁渐长，一样会再次经历，不过换了一种方式，可以从正在年轻的你的身上，再一次感同身受。看着年轻稚嫩的脸庞，又一次次回到曾经那些花季少年的青春时光。你的现在，同我的过去，那么恰好地吻合。

所以，春天来了，是我经历的很多次的终点，是我要再多一次经历的开始。是你不多次的开始，再多次的新生。

尘缘的花，不只开一季，一切，才起头，才初绽。尘世的你我，不只前缘既定，相逢与重逢，都是前缘未了。千山万水，万路迢迢。红粉妍丽，佳期有约。我与你一同走向春天，一起在春天的时光里消遣，一并再续前缘。

# 四月，在路上

四月，风少了三月微寒的凉意，吹在身上有温柔的惬意，褪去厚厚衣物，将薄衣薄裙有序混搭，任风轻拂，衣袂飘飘。

四月，空气中弥漫着一股香甜，玉兰花初绽，悠悠的清香，悠长又悠远，心底升起阵阵暖意，人在路途，只要行走，就能遇见想要遇见的美好。

四月，新的征程即将开始，有点激动，有点按捺不住的野心勃勃，"心怀野心，步履不止"，正是每一个参与人的心声，可以过很安逸的生活，却选择逼自己一把的事情，是觉得，大好时光不能白白虚度。

正是因为参与，遇到一群可爱的人。

她们写自己家长里短的亲情爱意，写绞尽脑汁费尽心思的苦思冥想，写朋友的一点提示即灵感爆发的欣喜若狂，写对人生的慨叹以及目标的确定，写人生相遇的情意绵绵，写在路上遇见的美好感动，写读书思索偶得的启迪感怀。

静静地看着，慢慢地欣喜，不停地走，不停地看，总会有所得。

四月，杨花开得四野缤纷，香气把空中因子点燃，一粒一粒都透着晶晶亮的花衣，惹乱在春天走出家门的善感灵魂。

有人在公园一角唱戏欢舞，青翠的树叶和柳枝生机盎然，把每一个脸庞都喜成花开模样。

有人在清晨早早起来，与一群人跑步，锻炼，舞剑，打球，将每一个晨起都充分利用，为一天的生活带来美好的开始。

有人把生命的歌谣吟唱，《中国好声音》的舞台居然搭建在所居住的小城，各路英雄豪杰大显身手，唱着自己最拿手的歌曲，表演着自己最得意的作品，风中的花香，跟着歌声、掌声、心跳声在世界的一隅尽情呐喊。和谐社会，美丽人生，只要不懈坚持，美梦可能成真。

四月，将川端康成小说的技巧逐渐融入自己的心灵，把龙应台潇洒恣意的笔端流淌慢慢吸纳融会，还会继续学习每一个能够学习的地方，无论尊贵，老幼，“道之所存，师之所存也”。

四月，我将情怀装点，日日记下时光辗转的痕迹，与爱我的人和我爱的人一同前往每一个下一秒的时光。

四月，在路上，不孤单。

# 人间有味是读书

有人喜欢垂钓江边，享受那份心静如水；有人喜欢在旅途中行走，享受如画的风景；有人喜欢在舞场起舞，享受那份欢畅和潇洒。我独喜欢在书海中遨游，享受书籍带给我的宁静和快乐——在书中总能遇到无限的美好和催我前行的动力。

读书能够静心。纷扰的尘世，烦琐的事务，让人的心焦躁不安。若抱书在手，聆听作者的美妙故事，感受妙趣横生的语言，瞬间就可驱散心头乌云。特别喜欢一个人待在房间，一边读书一边做笔记，恨不得把所有美好的语言，精美的编排结构，跌宕起伏的情节塑造，都记在脑中！想象着自己也化出一支神笔，写下万千文字，被同我一样的读者喜欢。许多闲暇时间我都是在读书中度过的，所以少了人世纷纷扰扰的侵染，少了琐事纠纠结结的苦闷。

读书能够开启智慧。“读史使人明智，读诗使人灵秀，数学使人周密，科学使人深刻，伦理学使人庄重，逻辑修辞使人善辩，凡有所学，皆成性格。”鲁迅的书让人学会深思；周国平的书教会人辩证看问题；余秋雨的散文让人心胸大气磅礴旷达辽远；丁立梅的文字有情有义使人温暖；雪小禅的文字把人的意境盛放在莲花般的禅意中；龙应台的文字意义非凡，意蕴悠长，发人深思；金庸的武侠小说带给人浮想联翩的侠客行动——不同的写作者传递不一样的感悟，带来不同的心灵震撼，在书海中，智慧被开启，灵魂被升腾。

读书是种享受。工作之余，我时常把自己交给书籍，像一尾鱼自由自在地在书海中游弋。读到开心处就哈哈大笑，读到痛苦处就眉头紧锁……“书卷多情似故人，晨昏忧乐每相亲”“读过一本好书，像交了一个益友”，每每读书，我总是沉浸在美妙的意境中而不能自拔，好像跟多年未见面的好友在一起交谈。有书为伴，真的是其乐无穷啊！

读书能够美颜。一个人书读得多寡，从他（她）的外在就可以看得出来。读书人的气质与众不同。一些容貌并不美丽的人，因为长时间浸染在书海里，便具有了不同寻常的气质风范，如很多老者，暮年时仍然有异乎寻常的年轻容颜和吸引人的魅力，其秘诀就在于读书多，善于思考，善于修为。三毛说：“读书多了，容颜自然改变，许多时候，自己可能以为许多看过的书籍都成过眼烟云，不复记忆，其实它们仍是潜在气质里、在谈吐上、在胸襟的无涯里。”读书的营养价值高过许多化妆品的功效。103 岁的杨绛就是最好的明证——岁月只增加了她的年龄，她的容颜和气质却让人难忘和佩服，温婉、淡定、从容成为她的代名词。

读书是一件幸福的事。春天的时候，在三月的和煦清风中读书，跟着杨柳依依的婀娜姿态，伴着书香阵阵的洗礼，宛如在仙境中遨游，个中滋味，无须言语；在炎炎夏日，用一本书洗礼心脏，燥热的空气仿佛被注入了一股清凉，扫去沉闷空气的污渍，让人置身书的世界开心地欢唱。若是手捧一本书在金黄的秋季里读，片片飘零的黄叶就是每一个语言文字的精灵，她们从书间滑落大地，长成枝繁叶茂的大树，然后卸甲归田，回到大地的怀抱，以便再一次生命的蓬勃，滋养每一位阅读者的心灵；在冬日的暖阳下，手捧一本喜欢的书读，契合身心的地方把心灵烘烤得似暖阳一般，整个人都沐浴在艳丽的阳光下，好像在跳优美的舞蹈！读书是件幸福的事，而爱读书的人则是幸福感最强的人。

现代人崇尚个性和解放，喜欢不受拘束自由自在生活，觉得太多东西羁绊心灵，希望生活无忧，日子清净舒爽。读书能够让人在个性的世界环游，在天马行空的天地飞翔，不用被束缚捆绑，不必在意他人的评价，不会被纷扰无杂扰乱心扉。

书的世界干净，宁静，美好。读书的人会在书中遇到温暖，美丽，温柔，真诚，真情。

读一本书就是与一位道德高尚的人交流；读一本好书就是用一颗美好的灵魂滋养自己的灵魂；常读书，读好书，做幸福的人，享受幸福的生活——人间有味是读书！

# 岁月静好

临近立秋，天气的热度降下来许多，没有了前些日子燥热苦闷的滚滚热浪。阳光依旧出奇的好。

用一杯香茗伴着纸质书籍，在氤氲的茶香、书香里寻求心灵的安谧，眼里、心里、口里便满是缕缕轻暖。

当穿着大红衣服，娴静坐在长椅上，静静地眺望远方的二妗，把她的照片从网络那头传给网络这头的我时，忽然觉得整个屋子一下子红光乍现，喜气洋洋。

今天是二妗的生日，这是表妹告诉我后才知道的，我用最快的速度，送上我最真挚最深切的祝福。

当时，午间的钟摆已经划过很远，我在时间的回旋里，不由自主扒拉开去。

二妗嫁给二舅时，二舅兄弟姐妹很多，家境贫寒。当了兵的二舅复员以后因为个人素质出色，被分在河南电视台工作。当时工资很低，大表哥和二表哥年龄相差不多，仅仅依靠二舅一个人的工资养活全家，还有家中的老父老母，日子的艰辛在意料之中。幸亏二妗操持家务有方，他们的生活过得还不错。

小孩子小时候爱串亲戚，住在舅舅家是理所当然的事情，我住的时间最久。母亲带弟弟到父亲单位生活过很多次，很多次我是留在家里，家里最好的去处便是舅舅们的家。我和表妹关系一直很好，就是因为我们年龄相仿，生活在一起的时间也久。

那时二妗带着两个表哥在家。二妗人很和善，对谁都不错，尤其对我特别好，我那时觉她像妈妈一样，表哥对我也很好，总爱逗我玩耍。但日子清贫，穿新衣、吃好吃的要等到春节才可以。她们偶尔有好东西，不会避开我，尽着我享用。二舅带回来的糖果，我会和表妹吃完，将糖纸收藏，时不时拿出来，比赛谁吃的糖多，谁积攒的糖纸好看，谁是二妗家最亲的。

我怕二舅。天不怕地不怕的我，看到二舅会很小心翼翼收敛个性，做一只听话的羔羊。记得有一次，为了某个细小的事情，我顺手将脏手按在他家墙壁上，二舅一声大喝，我哇哇大哭起来。二妗忙不迭走过来，说二舅不该如此对我，用很多好话劝我，用好吃的安慰我。我停止哭泣，眼泪汪汪，怯怯地望着二舅，心想：这样的男人好可怕，太凶悍，二妗这么温柔善良，怎么会嫁给他？

时光的飞船一晃。我早已为人母为人妻，二舅二妗已满头白发，渐渐老迈。他们走过寒风苦雨的艰难日子，早在郑州这片土地扎根发芽、开花结果。两位表哥已结婚生子，二舅从单位退下来，一家人波澜不惊地在岁月的河流里静静流淌，过着春暖花开，恣意舒爽的生活。

二舅退休以后，相继加入一些社团，曾经代表电视台参加河南省老年模特大赛，获得一等奖；在我眼里特别严肃的他，化了妆，穿上表演节目的衣服，在台上风姿翩翩令人大吃一惊；二妗同他双宿双飞共同进步，一起在老年娱乐的天地开辟出一片广阔的土壤，用优美舒缓的舞姿带给所有人一派和睦祥乐的美好尘世烟火。他们作息规律，锻炼身体，积极乐观地面对老年将至时身体的变化，充满信心地徜徉每一天的日子。二妗常说：什么时候，什么时代都没有现在好，很多无法想象的生活都来了，我很知足，人要知足，要学会珍惜。

二舅变得越来越时髦潮流。二妗过生日，他偷偷跑到花店订制了一大束花，鲜艳美丽的玫瑰花娇艳欲滴，喜得二妗拍下照片传给所有人，想要告诉我们，岁月静好，时光静好，他们很好。

时间剥去了人年龄的优势，却给予了人最妙不可言的深厚情感。他们一路走来，期间的坎坷泥泞，几天几夜都说不完，若回首，一把辛酸一把泪，可如今，说不完的甜蜜，说不完的幸福，说不完的开心，说不完的惬意。

凡是熬得住时间的，岁月尽头，都会赠予一份厚重的礼物——恬静舒适的生活。

愿他们开开心心，永远相依相伴。

## 温暖是花开的美好

邻家的男孩小时候爱哭，一哭没完没了，每天不哭上一会，绝不善罢甘休。

自从开始上学，哭声听不到了，见到的是认真完成老师布置的作业、大声朗读课文的样子。

现在邻居的男孩上小学二年级，回家一定先做作业，做完作业再看会儿书，然后再玩。成绩很好，每次都包揽班级前三。如今的他，学习时认真细致，玩乐时尽情玩耍，同大人说话时有礼貌讲道理，好像再也没有听见过他哭。有一次抹眼泪还是因为到学校发现忘带文具，回家来取，害怕晚了，眼泪才哗哗啦啦流个不停。

每次见到邻居男孩，心里不由升起暖意，小小幼童便知道学习的重要，在知识的海洋里渐渐懂事。

年幼的他，总让我会心一笑，所有的寒暑易节便都似春暖花开。

清晨，阳光在云朵里假寐，走在干净的柏油小路，路边妖媚的月季花展示着迷人的色彩。有一中年女子，拿着手机，对着初升的朝阳拍照。

路上几次遇见，有时她单膝跪下，有时双膝跪卧，有时侧着身子手机竖直，有时她用月季花做陪衬对准阳光。

她样貌普通，留着长长的发辫，穿着灰白色休闲T恤，身材微胖，她的脸在金粉的阳光下，闪着明亮的光彩。每一个经过她身边的人都会侧目看她。我几次驻足，很迷恋地望着她。

小路一侧的月季花正盛开，大朵大朵，红的似霞，粉的像孩童粉嘟嘟的脸，在金粉的阳光下熠熠生辉。照相女子就在花的世界里，她的样子令我动容。好美！

心中有爱，才会爱着世上所有的明丽；心灵灿烂，才会懂得珍惜每一个有阳光的日子。

必经的街道，总遇到一对耄耋老人，白发苍苍，皱纹纵横。

每一次遇见他们，两位老人不是你戴一顶帽子，他围一条丝巾，就是她围一条丝巾，他戴一顶帽子，穿衣很休闲，颜色亮丽得体。老太太总挽着老头的胳膊，轻声细语说着话。可能是好笑，老太太会笑着倚在老头身上。街市上行人无数，他们自顾自走着，购买他们需要的物品，然后离去。

有几次，我跟随其后，不是为了探究他们的姓名出处，也不是为了探查他们谈话的内容，只为感受一番，老之将至依然相依相偎相恋的温暖。他们行走的姿态，让我痴痴遐想。

最浪漫的事是陪着你一起慢慢变老，老到哪儿也去不了，你依然把我当作手心里的宝。

慢慢长大的邻人孩子，懂得读书的重要，学习的必须，小小年纪便认真用心，养成良好习惯；中年的女子，历经岁月沧桑，心底仍保有对生活的热爱，希望用镜头留住美，留住匆匆而过人生路途中的美丽；那对老人，相扶相伴大半生，风雨一起面对，坎坷一起走过，年岁渐老，不同血液里早就流着相同的血脉，互相搀扶，用情用意完美生命。

人常说：人心难测，世事难料。应对复杂最好的办法是简单，迎接狡黠最聪明的选择是简单。孩子简单地只想学习成绩好，爱美好的女子简单地想要留住一刹那的美，苍颜白发的老人简单地希望夕阳无限好。

每一朵花都有一季绽放，每一次的绽放都寿命短暂，如何开得灿烂、热烈？如何让短暂的时间成为永恒的记忆？积极的、有爱的、温暖的人，选择珍惜时间，增加时间的宽度和厚度。

生活不是因为你有收获才去努力，而是努力了才可能会得到收获；生活不是因为你得到美，美就存在，得不到美，美就不存在，而是美就在那里，你用美的眼睛，美的心感受，美便时常留恋你左右；生活不是因为温暖了你，温暖就在，温暖不了你，温暖就不在，而是你有一颗温暖的心，爱着世界，爱着世界上的人，在你周围便会有更多的温暖和感动。

烟火尘世，你想让生活赐予你什么？

关键是你愿用什么样的心和精神状态给予一草一木，一花一物，一人一事。

# 尘世欢喜

人生路途，会有不期然的相遇。

因为一些相遇，心情雀跃，路程变得有趣味。

八九点的骄阳还带着一些凉意，哪家的门口飘着饭香，几只鸟雀在树上啾啾，人还在屋里忙碌。走到街口菜市场，又是另一番景象——菜品琳琅，人声喧闹。

两位白发苍苍的老人的菜摊引起我的特别注意。他们正在对一位停下来看的年轻人推荐：“刚刚摘下来的黄瓜、西红柿、豆角、辣椒，没有用农药，新鲜得很。”我看那些蔬菜，带着星点露珠，颜色是没有被蹂躏和暴晒的柔润，透着光泽，像刚刚出生的婴孩，天然、纯净，有母亲的光环环绕。我停下车采购西红柿，最喜欢西红柿青红相间自然长熟厚厚皮囊里面甜香的味道，老妇人一边帮助我捡拾，一边告诉我：“是自家兄弟种的，我们帮助来卖，你看，都是刚刚摘下来的，有泥土的气息在。”老人也附和：“兄弟忙不过来，我们老了也没有事情可做，想着帮他卖出去。”本就对瓜果满是欢喜，两位老人的话语更增加了我的喜欢，为亲人贡献余力，用热情面对每一个采买顾客……

我买了大大一袋，走在湿润的水泥路上，一阵清风扑面而来。尘世的清凉无处不在。

邻居小姑娘一个星期不见，每一次再见总喜欢用打量的眼光看我，晶晶亮的眼眸里满是开心快乐。我骑她家的车子出外办事，很远的路口就看到她扬着脖子在观望。走近距离，她欢乐跳起：“回来了，回来了，妈妈，回来了。”蹦跳着走进她家把消息通知给在厨房忙碌的妈妈。孩子眼中的世界满是色彩斑斓，心里的愿望简单直接，表达方式明白通畅。等我把车子推进她家，小姑娘已经跑到路口和一群小朋友又唱又跳了，全然忘记我们一群大人正在微笑看着她。

走进屋子，我不由笑了又笑，心变得柔软。我们每一天面对成人世界，要用戒备森严的心理应对处理。简简单单成为奢望，其实它一直都在，若你用简单的方式，简单的眼光和心情看待，一切也变得简简单单了。

门前的花草因为一场雨青葱许多。月季和海棠花开得正艳，几盆吊兰势头强劲，可劲儿向四周进军，栀子花树比去年高了一截，鹤顶红的绿叶油光光泛着光泽，左右门楣下是一个青春的童话。

走在大街上，一首熟悉的歌曲传来，跟着曲调子哼唱起来，脚步很慢很慢，一直到换了一首才匆忙离开。

灼热的太阳肆意挥洒，柏油路上阵阵热浪袭面，我也不管，心中的喜悦情不自禁，似相知的人，久别重逢，欢喜得心跳加速，喜悦得不能自已。我在一首歌里相遇美好，给烟火俗世里的我增加力量，一股清凉从心底跃出。

生命中会有多少相遇，因为一些美好的相遇，让心情蓬勃。

每一个人都会相遇美好。你看，这些相遇，不就是你的相遇，我的欢喜也成为你的欢喜了。

## 唯愿爱有奇迹

独坐在时间的长河边，静静地观看时钟嘀嘀嗒嗒，默默地任凭思想信马由缰地驰骋，往事并不如烟，清清楚楚，历历在目。

品一口浓烈的清茶，雾气腾腾的烟丝丝飘袅，旋转着记忆，翻卷着思绪。

一场偶然的相遇，成就了一场俗了又俗的故事情节，一场风花雪月的情劫就这样上演了。

贪婪地享受着甜蜜爱情里的美好，劲舞在冥冥宿命的安排里。

多少曼妙的时光短暂得令人叹息，多少难忘的时光令人不舍，多少可人的画面令人心酸心疼，怎么一场纠结心魔的情劫，怎么一场磨炼心灵的情劫，怎么一场风花雪月美好苦涩的情劫。

如果真爱总是在不经意中来临，如果真爱总是在不该来时到来，如果真爱最后都成为一地鸡毛，如果真情最后都成为残羹冷炙，如果爱情都是俗了又俗，由激情爱恋、爱意浓浓，直到无奈、厌烦、无味，还是遵循自然的法则，安于早在命中的注定吧！最起码顺其自然，神情自若，不会纠结于心结。

只是这一场灵魂深处揪心的爱情，就这样说走就走了吗？就这样无声无息烟消云散了吗？

爱有多深，情就有多真，爱到深处，爱到真处是不是就是苦痛，也许真应该作为一场游戏一场梦呢？

可是能吗？能做到吗？能忍心吗？

岁月剥落斑斑点点看得见，忧伤的情歌一曲一曲倾诉，清晨的鸟儿无忧无虑清唱，夏日的气息一天天逼近，燥热的空气火热着人们的身体，也许不久蝉鸣就悄无声息地来到，当着这一场热辣辣时间流里的配角。

真想如果成为现实，真想现实不是这样残酷，真想残酷的不是真情，真想真情不会俗了又俗，真想冰清玉洁伶俐的心灵会唱出婉转曼妙的歌曲，真想一场风花雪月的情劫不会因为纠结而烦了心灵，真想释然放松真情在蓝天白云宇宙苍穹。

慢慢地敲击着键盘，静静地沉思，淡淡地理顺着灵魂，无论是不是一场雪月风花，是不是一场情劫，是不是一场游戏一场梦，是不是真真情感的灵动，岁月是最好的试金石，时间是最好的法宝。

海会枯，石会烂，有很多记忆会淡掉，但那些刻骨铭心爱的心跳会经久不衰。

唯愿爱会有奇迹！

# 我喜欢

我喜欢躺在新洗的晾干后散发着洗涤剂淡淡幽香的床单上，贪婪地吮吸洁净的味道，感受舒心的温暖由床单蔓延至我身体各个部分，满心的欢喜，满身的惬意，通体透肤。

我喜欢偶尔痴痴呆呆，呆呆地盯着某个地方，没有目的，没有心情，没有意识，苍白的大脑静静呆滞，空洞着心，空白着心跳，空空着思维，空空看着空空的一切，只是那么呆望着，凝视着，如一尊雕像静默，无语屹立，没有思想。

我喜欢读书，喜欢读清丽淡雅温馨的文字；喜欢读哲理味道浓郁给人教义的文字；喜欢读风趣诙谐，委婉中露着讽刺的时事文字；喜欢读一波三折跌宕起伏悬念重生的小说文字；喜欢读情感纠结或完美或悲惨或伤悲的尘世里故事再现的文字；喜欢感受语言的魔力、文字的魅力、感情的波荡、情感的激荡、心情的显现；喜欢领略作者驾驭文字的高超技艺，欣赏作者高深的文学修养，感动作者感知世界的别样感悟；喜欢那些对人世无常、人情冷暖、人生纠纠葛葛的醒悟警醒；喜欢那些对世间时事激昂、无奈、劝诫的理论著述。我就似饥饿之极的硕鼠看到久违的佳肴，大口大口吞咽着文字的美味。这份快乐缘自对文字的喜欢，读着那些文字，心会如水般柔柔的溢满幸福。

我喜欢拉着爱人的手，握住彼此的温暖，在苍翠蓊郁空气新鲜的寂静大山中漫步。青山绿水间，我们迈着有力的步子一点一点丈量着快乐，感受着世外桃源里雾气腾腾宛如仙境的美妙，转动着双眸张望着应接不暇的精致美景，聆听着奇闻逸事故事传说，移动的步伐要如潮水样汹涌，激动的心跳要如电闪雷鸣样霸气，灵魂在放空，掌心的暖意在传递，幸福的感觉在弥漫。

我喜欢听着歌儿写着文字，喜欢与朋友同事侃侃而谈，嘻嘻哈哈；喜欢看孩子们笑靥如花纯真无邪的笑脸；喜欢迈着节拍舞动身体；喜欢打球跳跃时大汗淋漓的快意；喜欢把这个时间流的每分每秒都快快乐乐地度过；喜欢想着世界上美好的所有……虽然知道有虚伪假意做作，有尔虞我诈的残酷，有你死我活的竞争，有丑陋的交易，但我总想着美好的总是多于奸邪的，美丽的总是多于邪恶的，乌云总是遮挡不住晴空的降临，所以我喜欢着世界里的所有，遐想着所有都穿着霓裳彩衣美好如也。

我因为满心的喜欢，满眼的喜欢，幸福开心着大部分的时间，郁闷伤悲着少少的时间；我因为满心的喜欢，爱着所有爱的人，享受着被爱的甜蜜滋味；我因为满心的喜欢，所以喜欢所有的一切，感受欢喜着一切，幸福地畅想着未来美好的一切。我因着喜欢而被喜欢，我因着喜欢而喜欢着所有。

# 最懂我的那个人

时间若回到从前，有人问我，谁最懂你，我的表情只有一种：烦。没有人能理解我，没有人能懂我。那时，觉得自己孤单寂寞，好大的世界人人欢天喜地，唯独自己孤孤单单。

如果现在有人来问我，谁是最懂你的那个人，我会斩钉截铁，毫不犹豫地告诉她，那个陪伴在自己身边的人最懂我，最理解我。

就如大千世界百杂荟萃一样，爱有很多很多种，那么多种爱，只有一种是你生命中最值得珍惜、最感动、最刻骨铭心的，那就是那个很爱很爱你的人，无论怎样都宠着你的人给你的爱。

这种爱没有华丽的语言做外衣，没有精彩纷呈的光环照耀，没有甜言蜜语般的浪漫，这样的一种爱是默默的、无言的、静悄悄地潜伏于你身心的每一个角落，环绕在你周围的每一个地方。也许开始你不曾知道，也不懂珍惜，只是心安理得地享用着，尽情地挥洒着。有时还抱怨，你怎么这样？我瞎了眼找到你。因为爱你，他会默不作声，只有气急的时候，他才会说，你走吧！再找一个去。想想，要多傻就有多傻，“爱你的人为你付出一切，你却为你爱的人流泪狂欢到心碎”。

明白了，你才知道什么是你生命中最重要的东西；懂得了，你才会学着去爱那个宠着你所有的人；清楚了，你才会把曾经的点点滴滴印在你记忆的仓库里，偶尔进去看看，找找，嗅嗅。

所以就会不由自主地打开记忆的门，扬起思绪。那个爱你的人，无论是狂风暴雨暗夜无边时你说要吃猪蹄，要吃冰激凌，要吃巧克力……他总是会一边笑着说再吃就成肥猪了不给你买，一边迈开脚步飞快地去买给你；那个爱你的人，无论你提什么样的要求他都会满足你，你说：我看中了一件衣服很好看的，早就看中了，不舍得买，他会对你说，看中就买，走，带我看看去；那个爱你的人，会在你说：我的脸色不太好，需要营养品了，但有点贵，我曾经一次次地驻足留恋不舍，他说想买就买吧！那个爱你的人，无论你犯了多大的错，也许这个错很伤人很伤人，他不是打你骂你责怪你，而是怪自己，我是不是做得不够好；那个爱你的人，因为深爱着你，无言无声，总是在不经意的时候提醒你，生命中有些是华而不实、轻若浮萍的，烟消云散后才是真实的世界；那个爱你的人，因为爱你，才会这样纵容着你，宠着你，体贴着你，也许也要求过回报，但从不曾提出过；那个爱你的人，因为爱你，就如蜘蛛织网一样，织下细细密密固若金汤的网，绕在你的周围，你需要时，触手可及，却并不曾缠着你、固着你；那个爱你的人，因为爱你，才会这样地爱你没商量，爱你不需要理由。

孤孤单单地来到这个世界，曾经孤孤单单地走过或明媚、或惨淡、或辉煌、或失意的多少个日日夜夜，现如今，有一个这样爱着你宠着你的人儿陪你走，不管是风景宜人的春，青翠葱茏的夏，萧瑟破败的秋，严寒霜冻的冬；不管是狼烟四起战火纷飞的动荡时期，还是心力交瘁醉意朦胧的无助无望时刻，他都会伴着你，做你的坚强后盾。有人这样对你，幸福是不言而喻的，只是要记住，知道了，懂得了，就该好好珍惜，爱那个爱你的人。

今生能执子之手与之携手共历世间的风风雨雨，磕磕绊绊，笑在你宽阔的胸膛，累在你坚实的臂膀，哭在你洁净的衣衫，舞在你一寸殿堂，同呼吸共患难也就是这样了。不说今生今世会怎么样，就说曾经与现在，与你共舞的岁月很好很好，也许将来也是，也许今生今世都是。

一个人，特别是一个女人，一生中，有一个人爱着你，宠着你，你难道不该感谢上苍这特别的垂爱特别的青睐特别的眷顾吗？你难道不是置身在辽阔无边碧波荡漾的爱的海洋里吗？你难道还不把你心里溢满感激感动幸福快乐的小苗，精心料理，细心呵护，让它渐成参天大树吗？你难道不应该也如此这样地爱着那个爱着你宠着你的人吗？

要问为什么这样爱你？会说，不为什么！因为爱，因为爱你，才会这样地宠着你。

# 老　去

每个人都会老，这是自然规律，你打肉毒杆菌素维持容颜，过段时间不打，老得更不堪，古时有些君王、某些教主寻长生不老药，练不死功夫，结果也是无力改变定局。

很多人想不明白，怕老，所以用各种各样的面具掩饰，越藏越令人恐怖。曾经看过一幕惨不忍睹的景象，一人红衣白裤，纤纤细腰，长发飘飘，却有骷髅的模样，惊吓盘旋在脑壳许久许久，真希望这个人体态圆润些，面容饱满些，老态也生出慈祥。

最喜欢和虽上了年岁但依然奔跑的老人一起，有岁月风霜浸润后的丰厚，有历尽沧桑后的坚韧，还有依旧年轻的心态风姿，他们或在健身房挥洒汗水，或在文学天地撒种，或在书画上沉淀造诣，或在某些领域不竭前进，这是灵魂不曾凋零的顽强博弈。

世间事，常无常。

有时你笑容可掬拿了心给人，无他求，只是希望和平相处，平心静气一起同行而已，他人赠予的不是无言，就是心灵深处射出的暗箭，防都防不住。躲闪已是不可能，只有接招，接的次数多了，会明白，不是每个人都值得付出真心和真情真意。所以我们说某人活得圆润通透，是万箭穿心多次修复后现出的强劲，是刀光剑影多次后的懂得取舍，是时间的产物，用年轻做筹码，以光阴为代价，年长后再呈现出来的。凡是经历愈多，老去愈安然、安详，四围好像还有祥云环绕，是许许多多的自己，许许多多的别人赠予的最好的礼物。

可怕的老去是一直不改变，性情不变，性格不变，一直保持温良恭俭或执拗固执己见，这可真令人啼笑皆非束手无策，年轻太莽撞，中年欠沉稳，老了，一大把一大把烟云往事，都不曾让灵魂整容，除了可叹，还是可叹。

更可怕的老去是自我放弃，放弃自尊、放弃自我、放弃生活的热情，渐渐变得面目全非，甚至不忍直视，还自圆其说，还不以为然。

每一次再见，无论年轻或年长，总是感叹，岁月无情，老了老了，老就老吧！但要优雅老去，老得从容，老得端庄，老得祥和。老去，原来也是一件很美的事情。

# 一缕阳光

阳光出来了，在午后两点左右，它一露面，雾霾消失无影踪。

霾霸道横行，照样害怕光线充足。阳光下，许多丑恶无法显身手。阳光让人喜欢，冬天的阳光讨人欢喜。

假若可能，追着太阳光走，不停挪移脚步，调换坐姿，眯着眼睛故意和太阳光对视。

冬天的光线虽然不太刺眼，你若与它对视，还是会败下阵来。把靴子放在光线充足的地方晾晒，确保穿时暖和安适。勤快之家会把被褥拿出来晒晒，享受强烈紫外线的照射，有点干瘪的棉花经阳光一吻，立马膨胀起来，虚腾腾让人忍不住与它贴面相拥。想到晚上被褥暖融融，心，禁不住温热，笑容溢满面。

最惬意的是在阳光下读书，每一个字仿佛都在跳舞，和着滚滚热浪袭击心房。若有挚友几个，坐在空旷又一览无余的阳光小院侃大山，不似神仙也自比神仙了。

随着光线渐渐西斜，爱运动的跑到运动场所酣畅淋漓，活动活动筋骨，畅通畅通血液，练就一个健康体魄，减轻自己负担，减少他人麻烦。

有阳光的冬日，感觉时间太快，多想拉住它的衣袖做长一点停留，心中知道，为了公平对待所有，它，只能毫不犹豫向前。

再寒冷天气，一想到有明媚阳光可以期盼，会有不枯竭动力荡漾心头，如愿不如愿都无关紧要，心存念想，温柔路程，时光旖旎。

迷雾遮住清晨的路途，毒害人的身体，影响生活质量；保护心灵的阳光，保卫天空的阳光，保管一缕暖阳，刻不容缓，责无旁贷。

敲击键盘的手，因这暖暖的阳光变得灵巧；抒发情感的心，因想到张张阳光的脸庞，不由加剧了跳动；平和的面容，因为阳光，闪着异彩。

# 喜　气

喜气很悦心。

人一有喜气，全身泛着金光，不晶晶，也闪着光芒。人一微笑，喜气就来，世上没有丑陋的新娘，做新娘那天，脸像开了花，心如喝了蜜，喜不自胜、喜上眉梢、喜气洋洋，喜欢，欢喜。人在愁苦时，喜气就远了，一副愁眉不展、苦大仇深模样，世界和人都欠你，悲哀无声涌来，唉！一声叹息，戚戚焉，痛苦矣。

鲁迅笔下的祥林嫂，儿子被狼吃了，人们是同情她的，解劝、开释、倾听，她当作习惯，一次次，一遍遍，不厌其烦从头至尾念叨。人们怕了，躲她，厌烦她，讨厌她，视她为疯子。她果然疯了，失去儿子是导火索，精神虚空，长久沉溺，哀怨太重，喜气不敢近她身，晦气愈重，淹没了她。

居家过日子和平常时候的孙俪，多喜人，金星提问她：人们都说你是人生赢家，家庭事业双丰收，对此，你怎么看？她笑了，不敢当，我觉得我的人生刚刚开始。漂亮，刚刚开始的人生，灿烂、辉煌、明丽、绚烂、阳光明媚。“娘娘”安好啊，“妾身”多向你学习！

最接近地气的喜气，当属孩童，不曾受世俗侵染，心地纯良，心思简单，一块石头、一根木棒、一堆沙子、一颗糖果，都可以满足心愿，美滋滋乐很久。孩童身上通体洋溢着欢乐因子，喜气温馨，可人可心，同样地，有某种底蕴的人身上散发某种气质，也让人喜喜欢欢。

一百多岁的杨绛先生，经历动荡，痛失爱女和相濡以沫的丈夫，化悲痛为力量，整理亡夫手稿，结合自己的生活经历，写出来《我们仨》，里面许多温馨暖人场景，全然看不到悲惨生活的印迹。

“我和谁都不争，和谁争都觉得不屑，我爱大自然，其次是艺术，我双手烤着，生命之火取暖，火萎了，我也准备走了。”杨绛翻译英兰德的诗，以此作为自己的座右铭。喜气，伴着安稳、从容、淡然、优雅。

四十岁弃医从文的毕淑敏，在《开讲啦》上说：“如果你有愿望，有力量实行，即刻出发，不要让它变成化石，不要让人生留下遗憾。”听完这些话，相貌平凡的她，瞬间美丽，仿佛有化骨柔掌蔓延开来，整个天地世界，一片祥瑞。曾与人交谈，满是哀怨，叹息，愁苦，不堪，难过，生活似一张网，罩住阳光，阴霾朦胧。曾与刚刚受到生活重击的人交谈，说起难言的经历，像在诉说一个故事，述说别人的事情，无悲痛，无抱怨，无怨恨，无痛不欲生。

“高兴是一天，悲伤是一天，不如开开心心，高高兴兴地过。”

有喜气旁逸斜出，染满她身体各个部位，颜色动人，风和日丽。拥有喜气是件好事，许多好事接踵而至，好运连连。人逢喜事精神爽，看，喜气，多好。

拥有真正的喜气，不容易。需要抵抗世俗，世事，丑恶，矛盾，挣扎，流言，谩骂，无奈……喜气，相伴安稳。

心静了，安稳了，美好了，洁净了。喜气自然来，喜气来，生命熠熠生辉。那些人生中的荆棘，不算什么。想喜气，写喜气，也是一种喜气。

与时间化干戈为玉帛，缠绵私语，到天涯，到海角。

## 春风十里，不如有你

天上的云白得似草原的羊群，一大团一大团聚在一起，以各种姿态高踞天空。有风吹来，它们一左一右，一前一后游弋不断。天真蓝，好像打翻了无数蓝墨水。阳光更媚，将云朵擦白到极致，将蓝天渲染到淋漓。

这是夏日某一天的样子。

当我敲下这些文字时，有一种欢喜一下子钻进心里。

坐在一隅看风景和想象风景的美都是一件很愉悦很爽心的事情。其实外面温度已经攀高到三十七八摄氏度。夏天总是有那么一些日子热到不能自已，否则怎么能够显示暑天的威仪。只要心中清静无尘埃，“中心本无系，亦与出门同”。

这样的天适合坐在屋内，听听音乐，读一首小诗。譬如冯唐的这首《春》：“春水初生，春林初盛，春风十里，不如你。”好似有一股春水汩汩而来，挟裹着融融的春风，把惺忪作态的人们吹醒。而我，便坐在春风里，看风景，看天，看地，看人间烟火。

也适合同朋友聊天，说些家常，谈些奇闻趣事，然后对着某一个有趣的视频哈哈大笑。太阳在外面可劲儿地散着热浪，屋子里的人在室内用力地微笑，每一个平常的日子因为有了某些念想和寄托，时间变成一朵朵浪花，唱着歌儿，走向远方。

而我，因为疏忽，手机丢失，心急如焚来来回回寻找，邻居的大伯，家里的亲人，一声声叮咛，不必着急，找得到便好，找不到换一部就好。心，逐渐淡然。很想唱一唱“十里春风，不及有你们在”。当重新把不能找回的东西办妥，长长吁了一口气，失去的不能找回，失不去的永远也不能被拿走。就像身边的一些人，不必费心约束，他们一直都在，走向远方的，再有意维护，依然抵挡不住渐行渐远的脚步。失去和得到，得到和失去，很多时候，人力无能。

后来，我坐下，品读美文。

读到一位朋友的文字《谁都不愿意失去》，他写一位消防战士，在危急关头，救下一名孕妇，他的妻子万分担心，心急如焚赶往医院，看望被救出后躺在医院的丈夫——消防员。她在门口听到了记者采访丈夫时的话语，泪如雨下。

记者：“现场那么危险，你为什么敢冲进去救人？”

消防员：“因为，我不愿意让一个男人失去老婆和孩子。”

记者：“可是你是受了伤的啊，你是凭着什么力量与信念出来的？”

消防员平静一下心绪说：“因为，因为我也不愿意让我的老婆和孩子失去老公和父亲。”

这些话撞击到我心底最柔软的部分。

“谁都不愿失去”，但凡有爱在心，不愿意失去的失去都是一种极大的痛。妻子不愿意失去丈夫，丈夫不愿意看到危险时刻可能失去生命的孕妇被她的丈夫牵肠挂肚悲痛欲绝。我们不愿意失去爱自己的人和自己爱的人，我们不愿失去人生路上一些可贵的相依相伴相知，我们不愿失去生命里一点点微笑的感动，我们所不愿的，正是世界缤纷色彩中最深厚、最神秘、最博大的情感，人类正是以此种形式繁衍生息，代代相传，乐此不疲。

夏是热的，时光是滚烫的，人的心反而因为爱的灼热慢慢清凉，情绪也因为偶然读到的这些有力量有质感的文字慢慢有春风拂面的美妙。

天色随着时间钟摆的嘀嗒渐渐暗下来，蓝天和白云，云朵和晴空，感动和美好变成一束叫作铭记的花绽放在心底某个地方。

遇见，弥足珍贵。

# 忽然，之间

落了一场雨，把空气中聚集的污垢洗刷干净。雨后，有种让人喜不自胜的欢喜，清新，爽朗，明艳艳。

气温是降了一点的。一场秋雨一场寒。秋风里，带些微冰凉，不再有春风般的温暖，夏日般的温柔。心，快乐多了点；神情，精神多了点。看四围，眼中是满满情意。

黄的叶，红的果，紫的花，在街市某个地段落得惊心动魄，使得行人都不敢向前。清洁工人，一边扫着，一边口中惋惜不已“可惜了，可惜了，这些好看的花，好看的果”。它们不忧不愁，义无反顾。走吧，走吧，走是为了未来更好地回归，它们自当知道，有舍，才有得，舍得，舍，得。

鸟儿并不欢愉，再过一些时日，将要飞往和煦的南方。在这儿一日，就好好度过，珍惜每分每秒的时间流淌。

最欢快的当属秋虫，不分昼夜叫个不停。似乎在提醒人们，我来了，久违的朋友们，你们好。呵呵，又一个更深露重，秋意英姿飒爽的季节，让这粉墨登场的虫儿瞬间意气风发，有种笑傲江湖的豪气。原来，生物同人类一样，喜欢一份飘摇自在的洒脱。

广场的孩童在大人陪同下，晒着秋阳。高远的天空，明澈。孩子在奔跑，笑脸像开在枝头的花。大人在孩子身旁跟着跑，眼睛含笑，满眼都是全世界都给他们也换不去自己孩子的情意深深。

有乐曲自远而近传来，是某个商家在做促销，或是有闲情逸致的人在享受生活。哪一种都好，人生路上，选择自己的生活方式，自己喜欢，就好。

天晴了，阳光一点点升高，明亮的金线也越洒越远，越来越明晰。有点冷冷的，但心，热热的。

# 出　发

决定出去走走，在一个有雾霾的清晨。

路上行人稀少，仅有的，是来往送学生的家长和孩子们。十米之内看不见对方的样子。车灯昏黄，笛声清脆。

下意识看看天，天空仿佛不存在，有蒸腾的气流在头顶盘旋。低头看看地，路上潮湿，人的心不由沦陷在扑鼻的湿润里。其实，地上本没有路，走的人多了，便有了路。鲁迅先生的话语在脑海里浮现。

一只鸟，经常遇见的。它落在我眼前，抬头看我一下，低头像在寻找什么。并不急，是处事不惊、临危不乱的大将军。我怕惊了它，停住脚步，仔细看它。它尾巴修长，头尖尖，身材浑圆，背上和翅膀有雪白的茸毛，其他黑黑的。好像在啄食孩子们残留的食物屑，一下一下，发出喳喳的声响。一会吃完了，四周看看，飞走了。

我就待在那儿，看，动物有心，谁对它好它都知道。

平嫂养过一只画眉，在平嫂生气时会发出咯咯的声音，并摇头晃脑逗人乐；在平嫂高兴时会发出咕咕的声音，还把羽毛伸长，要嫂子抚摩，一副撒娇模样。一次，平嫂在液化气上炖汤，看电视忘记时间，画眉就着急地叫啊叫，一直把平嫂注意吸引，又探头向前，平嫂才明白。

多亏画眉，否则引起火灾，后果严重。人类总觉得聪明之至，鸟儿却用简单应对所有复杂。

大道至简，知易行难，知行合一，得功成；大道至简，悟在天成。

最有价值的道理其实是最朴素的道理，认识事情的道理比较容易，而去做或者去实行这件事比较困难。只有用自己的真心、汗水、智慧、操守、无私以及做人的品行努力地实践磨炼才有可能功成名就。复杂的事情简单去做，简单的事情重复去做，重复的事情用心去做，长期坚持，自然功成。

想着，脚步在移。

枯黄的草，着上一层白霜，像披着婚纱的新娘，含笑，低头。狗尾草的头，低垂，一律灰黄。

曾看过枯荷一片的盛况。千亩荷塘，蔓延一只只荷，有荷叶，有荷茎，人们说，如果没有人打扰，它们千年可以不变模样。揪心的感动伴着疼痛的欢喜，原来，美还可以这样：枯萎的花容月貌，凋零的气势恢宏。人若是可以，该是多么风华绝代、千古流芳的事情。

冬天的天很沉郁，满眼荒芜，容易让人倦怠。雾气弥漫的天，省去人们诸多的感慨，所有的一切都在近前，远方模糊不清，最近的真实好过不切实际的梦萦假设。

东边的太阳渐露雏形，圆圆的，红晕在一点点散开。再过一会，阳光朗照，又是一个晴朗朗的天。

雾霭将散去，眼前重现一片热火朝天的人间胜景。出发在路上，思维不断转换，思想一阵阵沸腾。只要出发，总会有所收获，有所得到。《摆渡人》有句台词：人生，没有尽头，只有路口，你应该学会放下执念，继续向下一个路口。

人生的路上，有些路非走不可，有些人非遇不可。有些时候，必须一群人；有些时候，必须一个人。

## 时间慈悲

再深刻的喜欢也会慢慢淡然；再刻骨铭心的恨也会逐渐淡忘；再呐喊跋扈自恣妄为也会悄然；再贫贱贫瘠柔弱渺小也会无声；再喧嚣，再宁静，再盛大，再微小，再威武，再孱弱……都会无息。

若不能在流水般的时间里抱些美丽在心，无情的时间将会记录无常和悔恨在时空隧道里，人生在世不一定时时称心如意，而日子寻得花来花就开，找不到花儿花就眠。

此花，未看到时，已经开了，看到了，花就入你眼你心，仿佛初绽盛开来。

若只能接受繁华盛宴狂喜，那么，日子的平淡无奇将不能被过得如鱼得水，缤纷绚丽；

若只是渴求完美无缺尽善尽美，那么，走在时间的路途上将会少看许多旖旎风景。

人心良善，慈悲之心，人皆有之，为了生活，戴上面具，着上铠甲，演绎人生。

其实，俗世万千，凡尘万象，皆不过：你方唱罢我登场，我方演罢他方上。

时间慈祥，包罗万象，容纳所有。

人常说：岁月无痕，岁月哪里无痕，有痕迹斑斑驳驳，你以为都会消失在时间里，其实不然，你的眼睛，你的容颜，你的姿态，你的心都有它们的影子在，你不曾察觉，没有在意，早已刻在你那里了。所以有人会被一眼看到曾经日子过得如何，有人通过三言两语识得为人处世的态度，有人被外貌协会判断时光给予你的是美好或者恶俗。

很多时候需要解释，才能让人明白为什么；有时候不用解释，时间会给出合理公平公正的答案，如果你有耐心的话！

而很多时候人们习惯解释，急于知道结果，忘记等待，或者不屑于等待。时间残忍，生生地扼杀了原本的美好，可能存在的美丽。

有道是人世无常，轮回翻转，大概，规律与暗合随时随地，接肩比踵，一清二楚吧！

时间怜悯，怜取眼前人。

时间慈悲，一切皆有可能。

好像时间才滑过午后几秒钟，实际已经接近黄昏，风舞乱高枝，也摇摆着那些纤细的枝干，仿似迪厅里摇摇摆摆跳得尽欢的青春少男少女们，不拘泥，不造作，酣畅淋漓。西斜的阳光仍然用清凉的眸子看着苍茫大地，有几缕轻轻地爬行到窗帘身旁，趾高气扬摸索到床上，坦然自若落在枕头上，刺着人的面孔，好像有无形手掌，要拉开慵懒的身体，拨开沉沉的眼皮。

安静地坐在屋内，一缕缕风穿过窗子，走过房间，跃出屋屋相连的门，不断流动，燥热空气被吹得逃之夭夭，一些清爽在心头身旁荡漾开来，整个空间仿佛停滞，好像能够听到时间流淌的声音：嘀嗒，嘀嗒……合着心跳，伴着轻风，走远了。

其实很想在此刻抓住些什么，握在掌心融入自己的心灵，也真的用手轻轻地抓了一把，除了风，自己的意念，手心的暖，什么都没有，可是，并没有因为抓到虚空，心情不好，相反，心情大悦。终归了然，世间万物，不是所有都能够拥有，不是什么都可以随心所欲，不是想什么就有什么，不是挽留就能留得住，心永恒，而许多只是暂时。

风小了，通过长形的窗子看到，舞动着的枝叶静静伫立，太阳的光线似乎淡了许多，知了的吟唱也轻盈起来，现在是下午五点多，狂乱的喧嚣渐渐放慢脚步，暮色四合就在不远的将来。

用真挚的情感实录了这一段时间游弋的痕迹，用眼眸努力搜寻日子的影儿，把心儿点亮在这寂静无声的时空中，纷扰和杂乱离我而去，内心丰盈饱满，体态轻盈多姿，没有观众，不需要观众，自醉，自舞，自悟。

# 一切安好

有风，微凉，因着暖阳的烘烤，拂面竟有甜甜的暖流萌起，软绵绵的柔情就似水般涌来，冬天了，天气却有春阳的柔美。

太阳有一搭没一搭地散着光芒，孤零零萧瑟的枝丫在光怪陆离的光照下有了生气，随风簌簌摇曳摆动，招展着残余的力量。懒洋洋的日光在散散游弋，挪移，透过窗映照在窗台的吊兰上，那些嫩叶上的露珠被这光照朗润得熠熠生辉，闪烁出晶莹剔透的银光，绿意也就格外透明昂扬了。

捧着书坐在向阳的露台上，接受日光的沐浴，柔风轻浮，落红舞荡。鸟儿叽叽喳喳翻唱动人的歌谣，摇着摇椅晃晃悠悠，想着平凡日子的点点滴滴，路上起起伏伏飘飘荡荡，眼睛里已蓄满泪花，日子中多少感慨，多少感动，多少难忘啊！闭目凝想，竟酣然入梦，许是真累了，许是日光太过安逸，也许是心有些累了，阔大的阳台成了我温暖的床铺。

楼下稚嫩的童声传来“妈妈，和我玩”，匆匆行走的妈妈，停下脚步，柔柔的眼神，温情满怀抚摸孩子红通通苹果似的小脸：“乖，手里是什么呀！真好看！”“妈妈，是小花朵，我给你戴上。”妈妈半跪在地上，任孩子在头上摸摸索索，那是一片云杉的落叶，黄中泛着红晕，一支一支针似的叶片不就是朵朵插戴的簪子？在孩子的眼中枯黄的落叶也是芬芳美丽的花朵，童稚的心时时有着童话世界的美好。

邻家的大爷大妈也拿着凳子坐在阳光里晒着温馨，银发在阳光中闪烁，反射出金灿灿的清辉，虽皱纹丛生，沟壑纵横，沧桑岁月的影儿也就在这饱经桑海磨砺的面颊上显现，你望着我，我望着你，神情中是风风雨雨一起，相知相依相偎的贴心幸福。情深深，意蒙蒙，无须语言，一个动作，一声轻叹，一缕眼眸飘动，彼此已了然内心的种种。我与他们说着话，说着平平常常的祝愿，大妈乐呵呵说：“赚了，赚了，又赚一年喽！”语气里全无一点点遗憾和惧怕，倒满是义无反顾的从容坦然，该尽的责任和义务已经完成，了无怨言，一切安好，才会有这般静静的淡定闲适从容。

夜幕在晚霞中来了，孩子们都跑向家的方向，鸟儿也叽叽咕咕回巢歇息，忙忙碌碌的人流也渐渐地散逸。一只鸟儿飞来飞去，恋恋不舍那些向阳的枝头，啾啾几声，像在说“明天再见，明天再见”。孩子们一步三回头，与伙伴约定“明天再玩，明天再玩”。像极了一幕热播的剧目，摄人心魄处写到“未完待续”。

一切安好，若有缘，所有的一切一定会再见的！

## 前缘既定

有时会偶然遇到一个人，这个人你曾经以为会爱他或者恨他一辈子，斗转星移，沧海桑田，如今再见，云淡风轻，好陌生，仿似不曾见过。

有时会遇到一个人，这个人只是在特定的时间特别的场合遇见，开始还有些矜持，有些生疏，渐渐地仿佛很熟悉很熟悉，好像你们曾经一直在一起，因为某些原因暂时离开一段时间，现在，又见，为了继续一段温暖的情谊。

有时会遇到一个人，这个人你曾经很久以前听说过，简单地知道他的某些事件，为人，处事原则，但你绝对不会想到他会和你有什么牵扯，更不可能想到你和他会有一段刻骨铭心的记忆，但就是这样，你遇到了，与他纠纠缠缠很久很久，甚至会和他一辈子纠缠下去。

有时会遇到一个人，这个人也见过，听过，淡淡的，印象不深，关于他的一切你不会在意，因为他与你毫无瓜葛，你以为一直就这样了，但你又遇见了他，这一次是很近很近的距离，为了某个原因，一起消散时间，畅谈关注的话题，偶尔还会因为某个共同的原因一起出谋划策，相处不咸不淡，说不上好，说不上不好，也许这样的场面还会持续一段时间。

有时的遇见许是命里的安排，遇见了你，没有遇见他，是缘分，是情缘。有时的遇见让人怀念又欢喜，遇见了你，此生无遗憾，上帝张了眼，柔情地望着你们。有时的遇见让你很恶心，为什么会遇见你，遇见了你，让人倒胃口，很倒霉。上帝合上你的眼吧，一分一秒都是煎熬。

有的遇见很闹心，你以为你遇到了一辈子难以忘记，无法磨灭的，却不料，最后的最后是一塌糊涂，狼狈不堪，甚至痛了又痛。如果不遇见，保持最初时的美好在一辈子的记忆里，多好。有时的遇见让你无奈又喜悦，遇见了不是你所想的那样，但好像又因为遇见，你多了几分警醒几分经历，你在不知不觉中成长，长大，成熟，这不算好不算坏的遇见啊！

人一生中，太多的遇见，想到的、预料到的寥寥无几，不曾想到、预料到的多如牛毛。

如若能够避免某些不愿遇见的，该是人生很幸运又很幸福的事情，但就是这样的无可奈何。

遇见了，不得不，好也罢，不好也是。那些遇见，那些遇见他的日子会随时间淡淡地远去，有些会模糊，有些会清晰，有些深刻得无法逝去。

让那些遇见就这样一片一片以不一样的样子存在吧！

# 时间路上，心如苍翠

忙碌了大半时光，终于闲了，有了属于自己，可以自由支配的时间，心情的恬淡不言而喻。

将一首自己喜欢的歌听到熟知每一个旋律，把一盏茶喝到无味，翻一本书看到迷离，数着时间的点滴漫游，跟儿子早出晚归锻炼身体，做自己欢喜的任何事情，不必费心约束，不必过分担心。

日子像从容不迫悠闲自在在海边漫步的白鹤，雍容着，华贵着，自在着，安静着。时间像不疾不徐淡意飘袅在大漠上空的云烟，悠悠着，漫卷着，飘荡着，安宁着。

好多人感叹时间都去哪儿了？好些人在跟时间拼着命赛跑！我只在时间的轨迹上行走，只让行走过的每一个点留些淡淡的印痕，我来过，走过，然后离去，然后消失。

我陪同跟我一同并肩的那些人，完成时间里的任务，交付生命赐予我的权利。就如，在过去一大段时光中，同儿子走过他的青春，完成一个使命，可能不是最精彩，最完满的结局。这一段路程，于我，于他，都是不可多得、不能磨灭的人生旅程，有些许遗憾，更多是喜悦。这终将给自己的心灵有所加固，给年轻的他数不尽的记忆。

时光流转，青春永恒。

我亦竭尽所能完成工作，尽心尽力呵护每一个期待前进的灵魂，把过往的每一个节点细细盘点。他们顺着自己的心结，按照我的全局统筹，结束那一段痛并快乐着的青春时光，最终的结果如何，尚在等待和未知中。只是，皆大欢喜或者一场空幻，已成定数，已无更改。所做的，所走的，无怨无悔就好。

我忙过，费心过，跟着时间一步不离过。我闲了，清静了，随着时间散淡而迤逦。

太阳的光，真好，好的人的眼睛无法睁开。

热流侵袭大地，夏天了，人们并不是特别讨厌阳光，它有利一切生长，可，对大雨的期盼确实真真切切。

光耀强烈，阴云密布。鸟叫得欢，房前和屋后，田野和山峦，鸟儿无处不在。夏天的花儿多，树木葳蕤，草木青葱，它们在繁花嫩叶当中不亦乐乎，在屋宇密林间自由自在。

炽热的阳光下，高高的电线杆上有它们的影子，丛林密树间藏着它们的踪迹，人家的窗棂旁栖息着它们的身姿。人看着看着，便有无数欢喜跃上心头。鸟儿虽是动物，它们同样饱含情感，对它们善意的，它们懂得；对它们恶意的，它们了然。

经历过大风大浪，数次生死关头的孝庄太后说过，老年的我，为什么喜欢侍弄花草，为什么喜欢花草虫鸟，因为，这些生灵啊，你对它们好，它们会对你好；你同它们讲真话，它们会跟你讲真话，而人，却不尽然。

在记录这些时，阳光一寸寸从我的门前移过，一只只鸟儿在屋前的空地上叫个不停。

心里的欢，一点点加浓。

看了几部电视剧，动情时落泪，紧要关头时紧张，搞笑时捧腹，那段光阴就在一集集剧情落幕中走完。

是该做些调整，恢复如常，回归初心。空白了一大段，该有些填补。日子依旧平常，时间依然行进，而心，有了变化。

六月走向远方，七月的脚步已在渐近的路上。不要问去哪里，不要问从哪里来，且行，且思，且珍重。

时间路上，心如苍翠，一半在风雨里，一半在阳光中。

时光尽头，站成风景，不悲不喜，不卑不亢，一半给他人温情，一半给自己温暖。

时光总在记忆中成为回忆，当心中不停闪烁迷离的光彩，琐碎平常的烟火散发浓郁扑鼻的幽香。纵然世间尚是薄情居多，我依然深情地活着，只因红尘万千，还有一方沃土保护我茁壮生长。

## 慢下来

很多时候的相遇都是不期而遇。不断地遇见，人生旅途因此愉快许多。

在某个节点遇见某些，不需要铺陈渲染，精心设计。因为不曾刻意，初始阶段总是扑面而来清新的欢喜，给有些沉闷的现状注入一股浓浓的惬意。初遇见伴着期待与憧憬，就像冬去春来时突然发现的一枚新芽，苍茫大地顿时风摇地动，又好像文成公主从远古走来，惊艳了小小的心脏。

总是希望有个人，免你伤，免你痛，给你依靠，给你温暖，让你不必居无定所，颠沛流离。也曾有些人，免去过你的忧伤，免去过你的疼痛，给过你坚实的肩膀，给过你温暖的信赖，让你有过停泊的港湾，有了歇息的天堂。

后来，他们都只是从你的全世界路过。

再美好的未来不及近前的美好，再纯真的情感都不及沧海桑田的岁月悠悠。生活，不过是简简单单地忙着工作，读读喜欢的书，做做适当的运动，跟志趣相投的人一同欢乐，过着一天一天简洁的重复，过着一日好似一日的安静生活。

行到水穷处，坐看云起时。

总有好的时光抵得过糟糕的恶意，总有蓬勃心灵的青红柳绿。

生活有趣，生命有意义。素朴，绵长，悠远。人活着，活的是心情，从日子中找到趣味，时光在不经意间镌刻成永恒。寻常生活，都是简单的重复。过怎么样的生活，在于自己选择内心的方式。

蒋勋说："美是一种选择，甚至是一种放弃，而不是贪婪。心灵上真正的荒凉来自太多的快感，有时候，美感，反而是在大家都快的时候，你慢下来。"学会放弃，一些美也许就漫卷而来。

从前慢，留下那么多美好。慢下来，留些美好给记忆。法国作家巴尔扎克说：我们都是红尘中人，一定承受红尘之苦。走远的也许幸福，活着的可能不快乐，红尘万丈，谁是谁的奴，谁又做了谁心口一粒嫣红的朱砂。

日子安然，烟火尘世，不过是你来我往，我来你往。所有的电闪雷鸣，红绿蓝紫，在转身之后，化作一缕烟云散落。逐渐卸去虚假的外壳，还原最初始的心绪，山是山，水是水，雾里看花花纷飞。

让日子，清风吹拂，暖阳相伴，用情浇灌。

请听，那些动听的歌儿，是在为你唱；请看，那些有生命的花草树木，是在为你欢喜；请冥想，这千古诗歌里浓浓悼念的婉约，是在为你倾诉；请遥想，这静静敲下的每一个字里饱满的愿望，是在为你说。

最好的修行，是学会微笑，学会远离，学会无畏，学会丢弃，学会珍惜。

# 第四辑　用此情换岁月长，扬鞭催马仗剑天涯

等青春已远，展开飞翔的翅膀，在天空翱翔，记得远方永远有张望的眼眸。

## 挥手再见，招手迎接

日子要慢慢过，不着急，不慌张，每一天尽心就好。

太奶奶对母亲说，母亲对我说，我对孩子们说。

年轻时不管那么多，只想往前，一直往前，恨不得前方一路都是自己所要的风景。等那风景都看透，才明白最美的风景就在不远的近旁。

过去的2017，有欢笑有忧愁，有顺利有坎坷，有美好有丑陋，有感动有淡漠，有收获有失去。计划的事情总会有一些变化。想读的书没有读完，想写的东西没有写完。

在即将来临的2018，一定要有所改变，所读书籍的范围要广，自己的信心要足，跟着一些朋友们多学习，然后总结经验教训。希望未来少些焦虑和忧郁，不再惧怕有些言语和说辞，坚持自己欢喜的东西，让生命少些遗憾，少点抱怨，少点烦恼。

过去的2017收获亲情和友情，获得力量和感动，真诚地说一声谢谢你们，遇见你们，真好。未曾相识的相识，未曾深交的密切联系，将一路旅途染成绚烂的美好。将来的2018，愿做个温暖的人，愿再多些温暖的人相伴，愿把余生每一天当作最美好的一天来过，愿把每一个明天当作最美的开始，愿遇到的都是如愿，愿所有的如愿都是上苍给予我们最好的礼物。

走远的2017，你让长大的长大，成熟的成熟，枯萎的枯萎，消失的消失。用最公平最公正的态度对待每一个在尘世里走一遭的生命，对待每一份离开和来到。尽管还有许多未竟的事情，未了的心愿。来路还长，不急，慢慢来吧！

走近的2018，你会把要完善的完善，要丰满的丰满，要盛开的盛开，要出现的出现。用最真诚最真实的心善待每一个拼了干了的灵魂，好好款待该来的要来的一切。可能有不尽人意残缺不全，小鬼挡道。生命那么美好，不必慌张，慢慢来吧！

用一颗感恩的心看待所有的经历、所有的遇见，才会发现，换种心情，换种方式，生命的意义变得很暖很好很美。

你的眉头舒展了，你的快乐就来了。你的心情放开了，你的烦恼就少了。你的双手打开了，你的拥抱就多了。你的身体向着阳光，阳光的光芒便向着你。

所以，当祝福的信息一个个传来，我知道，朋友们的心，也懂得朋友们的意。无声的语言胜过千言万语，有声的文字好过千军万马的叫嚣。你的祝福我收下，我的祝福你接好。大家一起走，明日美丽多。

似乎有说不完的话，写不完的文字，还有长长的以后，一分一秒来吧！

告别2017，握手2018。

新的一年新的开始，祝愿看到的你，心想事成，万事如意，岁月静好，时光安详，日子和谐美满幸福快乐长。

# 少年十六

不仔细寻思，不太会在意时间的快慢，若是静静思量，时间宛如快速列车，中间不曾停留，飞速远去。又一年艾叶飘香，粽子满天飞，处处唱着屈原的歌调，端午日在众星托月中来到。十六年前，一个小生命也来到世界，凑一份热闹，添一份喜悦。

儿子振儿出生在端午日第二天，今天他整整十六周岁，说一声祝贺。

过去的日子像一幕幕剧情在眼前闪现，既悠悠又真实，既动人又疼惜。在我心中，有千言万语想要诉说，静坐案边敲击键盘，手指多次停顿，不知该如何写起。一年时光，白驹过隙，弹指一挥，峥嵘岁月，从身体和心理都发生很大变化，儿子每每令我感慨万千。

在学习方面逐渐找到自己一套合适方法。升入高二的儿子，学习劲头更浓，目标明确，渐渐掌握学习的要领，各科有自己的心得体会。小试牛刀几次考试，阶段和班级排名位居前列，甚至有一次跃居年级第四，在一个年级有两千多名学生的重点中学，获得这样的成绩付出的艰辛可想而知，我们为儿子骄傲自豪，更多时候在旁边给儿子开导排解，希望振儿保持愉悦心情，不必计较得失成败。

但好胜心极强的儿子决定参加数学竞赛时，我们只能尊重他的选择。要参加竞赛，必须做大量习题，儿子战胜了一本一本高难度的题海，由于用脑过度，晚上睡眠不好，周练考试发挥失常，情绪很糟糕。我把振儿接回家，看到他眼睛红肿，情绪萎靡，做妈妈的心疼万分。“不参加竞赛了，考试不好算了，妈妈希望你有一个好的身体，健康的心理。即便考不上最好大学，妈妈也不会在意。”儿子回答，休息休息就好，年轻时不吃苦，将来会更苦，哪一个人不是苦乐年华交织地经过，这是你和老师们教给我明白的道理。旁边的我抚摸儿子逐渐宽阔的肩膀，拿起湿毛巾给儿子擦拭面孔，用力搂着他的臂膀希望给他无声的援助，哪个父母不希望自己的孩子出人头地，风光无限，更多的父母希望自己的孩子健健康康快乐幸福简单无忧生长。我想让你在知识的海洋里自由遨游，也想你在无压的环境下成功。

思想方面渐渐成熟。慢慢长大的振儿不再拉着我的胳膊问东问西，而是运用自己所学知识与我们探讨交流。当妈妈因为小商贩不当语言心生气恼时，振儿用平静顺和的言语开导我不必在意某些人一时言辞的犀利恶俗；振儿把课堂老师讲解的沈从文的《边城》、莎士比亚的《悲喜剧文集》和杨绛传奇人生的知识同我探讨，一边感叹大家文字功夫了得，一边鼓励妈妈不要放弃自己的爱好；曾经无数次推荐振儿看路遥的《平凡的世界》，振儿都用各种方式婉言拒绝，前几日振儿告诉我已经看完《平凡的世界》第二部，同学的第三部找不到，急需我找寻第三部，我惊喜之余，多的是欣慰。我多次告诉振儿，高中阶段是人生最重要时刻，人生观、价值观、心理构造日趋成熟，在书本知识牢固掌握的同时，要多读一些书籍，可以改变一个人的思维模式、思想结构、情商情操，这也许是人一生最宝贵的财富之一，不曾料想，平静的波纹下面有激流涌动，振儿正默默地力行实践。

儿子说想用自己的能力过上自己希望的日子，也想给自己和父母交一份满意的案卷。偷偷定下目标，设计人生规划，刻苦学习，不断摸索各科学习的最佳方法，在学校用努力的身影站成一道风景，任课老师们对振儿赞不绝口，仅仅一年的时间，振儿迅速超越很多强劲对手，不断刷新纪录，在后方的我，口里给振儿打着宽心的歌谣，心里为振儿鼓足劲头，结果不一定最最重要，过程也许大于结果，祝愿儿子心想事成马到成功。

在家里的振儿懂事许多。看到妈妈忙碌会伸手帮忙，吃过饭帮助收拾碗筷，楼上楼下需要搬的东西尽量自己完成，力所能及的事情独自解决；曾经一团乱麻的房间收拾得整整齐齐，看过的书籍放在一边，即将看的放另一边，经常翻阅的在触手可及的地方；爸爸妈妈出门办事会嘱咐：慢一点；振儿出门会告诉我们：请放心。对待爷爷奶奶、姥姥姥爷尊敬有礼，过一段时间会打电话或者利用假期探望，走时不忘叮嘱：你们要保重身体；家里来客会用礼貌的言行、得体的举止尊重客人。振儿似乎是一下子长大成熟很多，小小年纪有一种温文尔雅的男子汉气概，我们时常因为振儿的所作所为开心快乐。

振儿为人处世有自己的心得。在家中与邻居孩子保持友好的友谊，对小孩子用照顾的心态对待，对同龄人和平共处友好相待；在学校和同学保持不远不近的距离，能够谈得来的多说几句话，不能谈得来的微微一笑，班里有些同学性格孤僻孤傲，与很多人不能交流往来，振儿却能相处融洽，看过许多书的振儿明白一个道理，一个人的力量有限，但是众人拾柴火焰高；一个人的能力很单薄，但是如果有大家帮忙就能办得更好。“一个好汉三个帮，一个篱笆三个桩。”

在知识的海洋振儿自由努力遨游，在琐事繁芜里不经意规范纠正自己。十六岁的少年，慢慢长大成熟，宛若羽翼渐丰的苍鹰，一步步寻找时机飞向蓝天；又如一块温润的玉，逐渐成形，透着晶莹剔透的光泽。

每一个孩子的成长都伴随着父母的期许，孩子的每一次进步都加速父母心跳的律动。

每一次注视你的背影，仿佛在看冉冉升起的星子，一步步远离我，一点点挥洒万丈光芒照耀更多的天地。

我知道，你会离我到远方，也清楚你的臂膀会愈加有力刚劲，也相信你的心理会越来越刚强坚韧，心中有不舍、心疼，心里更多是祈祷、祝愿、祝福。

前方的路还很长，模糊又清晰，坎坷又平坦，顺境或逆境，你都要看一看，闯一闯。

卓越的人生从来不都是鲜花与掌声，穿越荆棘密布的人生丛林，十六岁的少年会用递增的年龄数字改变你的人生轨迹，书写一片别样的天空。

少年十六，青春涩涩的代名词；

十六少年，花样年华的掌舵人。

## 陪伴是最情深意重的呵护（一）

那些陪伴的日子已走远，陪伴时的心绪荡漾却永远定格，时间再久，仍然散发温热，希望一点记录能够给每一位高中生，特别是陪伴高三生的家长一点启示。我们永远相信，一直坚持，我们的孩子就能走好，走远。

10 月 23 日　星期日　小雨

秋末冬初的雨，多了缠绵，多了藕断丝连。下了又停，停了又下。喜欢它的，觉得它有情味，让人有喘息机会；不喜欢的，骂它没完没了。

你把余华的《活着》给我。你已看完，推荐给我看。

这是一本不错的小说。余华用他独到的笔触将一个人从盛至衰清晰再现。身边亲人相继离去，历经各个阶段苦难和时代的打压，有片刻欢喜，有暂时幸福，有磨折人的悲痛，有烧灼人的哀伤——父亲看似古板守旧无情，却那般有骨血，有情意，有策略；母亲宠溺儿子，妻子宠爱丈夫，导致作为儿子、丈夫的福贵染上各种不良嗜好，她们不责怪。当家产被挥霍一空，也没过多怨言，是愚昧太过善良，是心软太过心实。后来，母亲病丧，妻子跟着受苦难无数。福贵彻悟，痛苦，都叫人有难以言表的疼，却流不出泪。生活多艰难，多磨折，活下去，才是主题。

女儿凤霞，本有健康身体，医疗条件有限致使她不能说话，听力受损，这不是阻遏她活下去的理由。她依旧快乐健康活着，这个家多亏她。命运的转折在她嫁给二喜时出现。他是本色厚道的男人，真心喜欢凤霞，若是在生下儿子后安然无恙，这个家，以后便是幸福安乐窝。不幸常在，幸运总擦肩而过。

有庆是好儿子。小小年纪，为了自己养的羊免遭杀害，一天几次照顾，又在家里新买的羊身上倾注心血；家庭苦，不得不卖掉心爱的羊，有庆含泪同意；为了生活，一下子抽那么多血，常人就是极限，何况一个营养不良的人。

二喜走了，二喜的儿子苦根走了，留下福贵一人。活着，还是随同逝去?

逝去很简单，一刹那，便结束。活着很难，要余生在挣扎中完成死去的人没有完成的心愿。

10 月 29 日　星期六　小晴天

你过大星期。一个月一次，一天多一点。

你背了包，里面是小说《追风筝的人》《偷影子的人》《人类简史》，还有学习资料。我说，下一次回来不要带复习资料，回家好好歇歇，好不容易过大星期，应该是玩的，若想拿，就拿一本小说回来吧!

你笑了。哪有这样的老妈?高三的虐心，虐的不只是孩子，还有父母，怎么可能要求孩子玩，应该学习，学习，再学习。

作为毕业班的老师，能深深体会每一个孩子的辛苦，既然在学校已经很用功努力，回家就是休息、调整、修正。给孩子宽松环境，让本身就焦虑心急的孩子有一颗定心丸，做父母不苛求，孩子才能放松心情，用最好的状态学习。

父母和孩子其实就是风筝与风筝线的关系。父母希望孩子飞起来，飞得高，飞得远，飞得自在，飞得潇洒，而手中的线，却紧紧握着，想要一辈子都在自己手心。

凡是开明的父母都懂得，养孩子是责任义务。不是把孩子养大就要求孩子按照大人的一切去做，要求孩子是自己的制造机器，源源不断地输给父母所有的一切。这样的父母是自私的，是狭隘的。

倘若未来，你想挣脱握在我手中的线，我会放你远飞，只因我懂得我自己作为孩子时心中的想法，对我的孩子——你，便宽容，自由得多。

好吧！

我去看《追风筝的人》。

11月2日　星期三　有阳光

最怕你说睡不着。我懂得睡不着觉的痛苦，我希望你努力学习，踏实睡好觉。会休息就会工作，休息好学习效率就高。

上午喝些浓茶，我不能很好入睡。你没有回来前，我躺着养瞌睡。你到家，我迷糊中知道。忽然一惊，有人推门进来，正要叫，你把灯打开，说饿，想吃东西。你爸接你回来很晚，有些疲倦，要你吃点饼干充饥。我说不要吃，我起来做。看看时间，11:37。

你说是饿醒的。我问，为什么回来不吃。你说，回来时不想吃，睡一会，醒了，很饿，睡不着。我嘱咐很多次，晚上回来要吃点儿，从五六点到晚上将近十一点，对于你们这些半大小子，消化能力超强，学习很费脑，不吃东西，受不了。

我很担忧，问你是否睡眠不好，你说，没有，躺着就睡，就是中午在学校趴在桌子上睡觉不舒服，很多次不能睡好。特别希望你们学校学习其他学校的制度，在中午时都让学生回寝室睡一个小时，下午和晚上，你们学习的效率就高，这只是我的臆想。有时，真想带你回来睡一会儿，再送去。我知道，你的同学们都是如此，不想你太特殊，受点苦，遭点罪，你也许就懂，很多东西不是很容易就得到的。

你吃过东西，我看着你睡觉。不一会，呼吸平稳，你睡着了。

我回到自己屋里，看看时间，快 12 点。躺着，翻来覆去，很久才入睡。

做高三学生苦，做高三学生的父母，并不轻松。

1 月 13 日　星期日　晴

早晨雾很大，视线在一百米范围。我们没有周末，有的是黑色的幽默——干不完的星期天事情。

前一天见你，期中成绩揭晓，还不错。数学没有发挥最好成绩，只得 129 分，对此，你不满意。总分 607，我很满意，你感觉也行，口里说仍有发挥余地。我对你说，放松心态，一点点来，让情绪最佳化，最终的结果才会很好。

中午，你休息仍不好，我很担心，希望你午休好，希望你身体好好的，成绩一般化就行。你不服输，有干劲，妈妈很骄傲，然，你别太累了。

## 陪伴是最情深意重的呵护（二）

11 月 22 日　星期二　有风阴云

风一吹，大片落叶飘零，黄黄的，在空中转悠一圈，落地上，像一只只歇息的蝴蝶。

我看到有女生把各形状的黄叶夹在书页中，想到年少时的我，也喜欢将落叶放在书页，隔些日子拿出看看，嗅嗅，树叶有草木的味道，有油墨的浸染，还有一份雀跃的欢喜。时间就在回忆和向前中，一点点过去。

如今的我，早已不再是懵懂女孩，心中的幻想、梦影变得清晰，不再做遥不可及的梦，不再奢望一份梦幻的迷离，切实生活着。

可看到少年的心事在欢腾，我心不由跟着燃烧。

记得我同你在路上散步，你说未来会有一场大的革命，新技术的。

“是什么？”

我疑惑。

你说，未来人们不用出门。在脑中安上一种芯片，可以体验各种生活，交友，谈恋爱，办公，生活，凑牌局，玩游戏，等等。模拟出现实生活中一切。

“那不就同现在网络游戏差不多，在现实生活中无法找到的，在虚拟中都可以得到。”

“是的，想要什么都能。你说，这不是科技的伟大革命？”

“那只是少数人，他们生活在虚拟里，回到现实不一样需要生活？很多人还是会好好生活，努力找寻在生活的乐趣和美好。”

“少数人又怎么样？正是有少数人，也正需要一部分人来支撑，然后一些人就发财了。”

我笑。我们的对话，最后的终结归于金钱。你有很强烈获取财富的心，并说你之所以好好学习，就是为了将来有更好的生活。我赞同人性的自私、贪婪、享乐，也懂得，人的努力归根结底为了自己。然，我不希望你对金钱太过奢求，太斤斤计较，毕竟，没有金钱虽不行，但金钱也并不是万能的。

好在，你花钱并不奢侈，也没有特别的贪婪，只在某些事件中表现出一种特别的渴求。

我同你交谈，不只关注你的学习，更关注你的身心健康。

我常常对你说，做人第一，学习第二。一个没有好的道德素养的人，即便有高的学识，只是高智商的野蛮人。

今日小雪，节令到了，冷无孔不入，一种浸透骨子的冷漫卷而来。一阵微风，落叶满地，空气全是冷气因子。

昨天晚上没在家，你爸可曾给你加衣服？中午我去看你，给你送饭，实地察看。你是我现在的重心，想起你，心里暖暖的。

冬天来了，春天还会远吗？这句话，好喜欢。

11 月 25 日　星期五　阴云

天太冷，骑单车很冻。对你说，不送饭了。你无所谓地说，不来，没有关系。

我放心在单位工作，睡觉。准备好的工作计划，按部就班完成。是小雪初晴后的一件喜事。

晚上见到你，看你眼睛肿肿的，内心不安稳。永远希望，你带着纯真的笑脸，应对学习生活。你稍微有点不适，我的心就焦躁不安。你若好好的，我轻松欢快。

11 月 30 日　星期三　天晴

你身体不舒服，昨天晚上就在说，脖子后面疼痛，浑身无力，中午一下子睡了一个小时。我不在意，认为是你考试以后的松懈，每次考试完，你都会出点状况。

中午见你，整个人有点松软。你说，身体困，无力，脖子酸痛，连肩膀都难受。我猜是感冒所致。最近感冒流行，我的感冒都很多天不好，害得我晚上睡眠不好，我们离得那么近，感冒的传播途径之广、速度之快令人咂舌，你可能是被传染上了。

“吃过饭带你看看！”

“好。”

“你说孔雀东南飞的后句是什么？”忘了难受，吃着饭，你用问题考我，这是我们的交流方式。

我思索一会，觉得答案都不对，便问，是什么？我不知道。

“孔雀东南飞，西边有高楼，高楼千万丈，不可稍逾越。”

“哪里得来的，不对吧！”“书中说的。有个自主招生题目，考生回答的，然后得到评委掌声的。”

“天，这，这——”题目大众，回答巧妙。

“是啊，在关键时刻，机智得分。有时，不是只考试学习内容，顺便考试人的应变性，思维方式。”

同年轻人在一起，永远有不同的惊喜在等着。

# 家长会

1月20日　星期日　微晴

高中两年，一次家长会没有开，到高三，期中考试之后，你们学校大张旗鼓举行家长会。我心喜悦。老师同家长，及时沟通，互相交流，促进学生更好发展。

我以为，会同我们举行的一样，班主任主持，任课老师发言，家长发言，学生发言，搞得轰轰烈烈，热热闹闹，感人肺腑。

我在心中打了无数腹稿，准备一展风采，给你榜样，支持你们班主任工作。

第一，关于读书。最近网络流行一篇文章《世界正在惩罚不读书的人》，一位富豪，参加一个节目，要他扮演一位最底层清洁工，亲身体验感受生活。在参加完两天的节目之后，富豪由衷慨叹“世界正在惩罚不读书的人”。从清晨忙碌到晚上，除去房租，还够买廉价面包，要坐地铁，还需要加班，这是一位清洁工的日常。富豪亲历后，得出，不读书，志短，就穷，穷便没有享受生活的权利。

因此，读书不一定能让人成为富翁，但不读书绝对让人命运叵测。

第二，关于健康。身体是革命本钱，想求得远方的美好，要有立身之本，最基础是健康身体。著名作家史铁生，若不是身体糟糕，早逝，现在可能会成为莫言第二。中学生正是长身体关键时刻，好好学习，要有健康体魄做支撑。合理饮食，劳逸结合，让身体处在最佳状态，到达远方，会更便捷。

第三，关于心态。高手对决，最后比拼的是心态。我喜欢的乒乓球比赛，最后的几名高手，就看谁的心态稳定，谁能够发挥超常，谁就胜利。日本的剑道，原来最后比拼，也是心态。高三，最为关键的一年，在同高手决战时，谁在心态上胜利，谁就胜出。

最后引用龙应台读书的话语：孩子，我要你读书学习，不是为了让你比成绩，而是因为，我希望未来你有选择的权利，选择有意义有时间的工作，而不是被迫谋生。当你的工作在你心中有意义，你就有成就感；当你的工作有时间，不剥夺你的生活，你就有尊严。成就感和尊严，给你快乐。

我本想，慷慨激昂，在你班家长会上一展风采的，不料，来的家长寥寥无几，参加的学生稀稀落落，你老班，劲头蛮大，情绪低落，没有可以配合的人。当你老班说有没有家长要说话，我立即想起来说，理智让我淡定，淡定情绪尚在酝酿，你老班说，没有家长说，咱们可以自由交流——呜呼哀哉，我宏伟计划，我伟人梦想，流产了。

当我，在路上，同你说，我要说的内容，你赞同，又惋惜，觉得老妈我，思路蛮清晰，只可惜，没有机会。

可能，再也没有家长会了，你的高中时光一结束，我更没机会了。

学业重，任务紧，你们时间宝贵，你们同学珍惜时间，你们同学的家长忙碌。家长会，短暂，宏大，结束了。

青春，一闪，过去了，走远了。读书和学习时光，一去不复返。你们要等到多年以后，才会很怀念，很怀念青春那些光阴。

# 此情换岁月情长

八月末的某一天，跟儿子走在夜色浓浓的村落，有鸣叫声此起彼伏。

儿子说是蝉，永不疲倦的夏蝉。我仔细听，“不，是秋虫——蛐蛐，开始欢叫”。

秋来了，尽管热浪依然在空气中游来游去，季节确乎辗转，暑去秋来，蕴藉在日子里的节令就这样翩然而至。

雨像调皮的孩童，盼望得望眼欲穿，仍是千帆皆过，少有影踪。立秋一过，立即驾着云朵，用低回浅唱的音符奏响秋来的欢迎致辞。

它没有夏雨火爆的脾气，没有事先喧嚣的雷电狂风。天上几朵黑云，又来阵阵凉风，雨就淅淅沥沥飘落，不急不躁，不慌不忙，好有大将军的悠然气度。

开始，人们并不在意，不躲避，不慌张，慢条斯理在雨中走，宛若亲密的伙伴。细雨柔柔叩打在脊背，似有声音在提醒：“嗨，你好，走路小心哦。”正要伸开双手，小心翼翼触碰，一股清凉浸透掌心，然后，一溜烟逃之夭夭，落在地上，无数大大小小的水滴汇聚，纠缠，一同渗入地下。

夏雨却不是，寻常，三天两头儿都会光顾，似乎担心燥热使人忘记它的存在。今夏的雨，不同寻常，一直不来。望穿秋水，来过一场倾盆大雨，也只是短暂的片刻，缓解不了久旱渴逢甘霖的焦躁。立秋一到，雨便用缠绵的姿势随风潜入夜。

春风十里扬州路，总不如细雨霏霏润无声。

若说夏是高度热情的，秋叫人学会沉静。

它通常肃穆，肃杀一切生机，淡定所有喧哗，默默地送来硕果仅存的喜悦。它是矛盾的集结，又是矛盾的统一。稚嫩的在秋中读到收获，成熟的在秋中读出镇定，苍老的在秋中读出坦然。人说，要活得生如夏花之烂漫，死如秋叶般静美，大概就是这个意思。

我对每个季节都有情感，每个季节给予我太多不同的情感。在我的字里行间总是不期而遇许多的惊喜，我时常用共鸣的心弦同它们融合。我不想过分热爱某个季节，也不想对任何季节流露不满、牢骚、怨恨。就像我对一些人，我不会过分奉迎，但我心存敬畏。

关于夏的离去，我怀着感谢；关于秋的来临，我怀着感恩；关于冬的到来，我心自安然。

岁月给季节插上翅膀，一直飞翔，从来不遵从谁的意志；时光给容颜镀上霜花，沧海桑田，谁都是在历尽沧桑以后学会笑看得失。

握着嘀嗒的钟点，想起过往，历历在目。

一双双如饥似渴的眼眸，一张张笑靥如花的脸庞，一次次回首作别又再见的离散欢歌，一句句饱含真诚的美誉，一步步趋向完善少年的心，一点点日臻坚固勇往直前的信念。

也许有过简单的交流，也许有过深刻的沟通，也许只是眼神与眼神的碰撞，也许只在网络的两端有些关联——那么多，温暖的记忆，永远没变。

很远，很远，我仍然听到心底的呼喊，以及欢天喜地奔赴人生下一个站点有力的步伐。

路途匆匆，在路上，总有许多万不得已，总有一些事出有因，都在时光流传间，化成一声叹息，交付给岁月悠悠。

可能，人的一生就是一场渐次走进、渐次离别的旅行，不用执念，不用费心约束。拥有过，经历过，足以抵得过任何虔诚修行的佛事一场。

早过了白衣飘飘、青葱懵懂的年龄。尺寸之间，一切的留白就在离去的刹那，定格为永恒，所有的美好，所有的过往，尽在凝眸的不远处。

我没有画家描摹季节的本领，也不是音乐家，用悠扬的旋律奏一曲高山流水长长短短的韵味，我愿用拙劣的笔触把每一个季节辗转时刻的印迹做些记录。

岁月安好，芳华永留；尘埃落定，此去经年。

在时间的弦上走，常身不由己。

十月走远，十一月跳跃在眼前。十月的金黄还在心头盘旋，十一月的种子已经在土壤酝酿新的生命。

一些事儿，一些人，说走就走了，像嘀嗒的钟摆，不停息地摇动，由不得人过多的叹息和挽留。

原以为能将时间拉长拉慢，一切恍然，才惊觉，那刻和昨儿已走到时间的背后，只留下仰望，枉自叹息。不过欣喜的是，总会有时间的影儿成为记忆中难忘的丝丝缕缕，以此弥补悄然流逝远去的遗憾，慰藉怅然若失的落寞。

人都不喜欢冬天的凛冽，然而，没有磨折的灵魂，怎么可能敲响命运彩色的鼓点？

人生就是一场告别接连一场告别。

# 白桑葚·巧八哥（一）

## 白桑葚

门前的白桑葚树碗口粗时，我出生了。听祖母说，它是祖父去平遥拉煤，带回的桑葚腐烂了，祖父随手丢在院墙边，不想长出了一棵小苗。因懂得桑树浑身是宝，遂把它移栽在我家新修的砖瓦房前。它能镇宅，叶子清凉解暑。干枯的叶子切成细丝，漂在茶碗上，如一群游来游去的灰龙，家里人都爱喝，邻居也拿它们当茶叶。

父亲常年在外工作，没有结婚的大伯跟着我们，他脾气有点暴，稍有不顺，大发雷霆，能把揉好的面团准确无误扔到房脊。关于这一壮举，我没有亲见，无数人演绎得神乎其神，在某个白花花阳光的正午，仿佛一声惊雷，“嗵”，一块陨石般的白面团飞上屋，粘在灰色屋顶脊梁上。母亲做活累了，想歇息一会，谁知一睡时间就过午时了，伯父看着四周邻居端着饭碗一个个从家里出来聚在我家白桑葚树下，气上心头，回屋端起盆子，向上一举，轨迹抛物线状，恰好正中屋脊。若伯父参加铅球比赛，这力度和速度绝对不逊于冠亚军水平。

自此，母亲不敢误了饭点，不是怕伯父再有壮举，重要是心疼口粮，粒粒皆辛苦的麦子磨成的白白面粉，人就得节俭着吃，哪能当训练的靶子？乡人传说有谬误，说伯父早有预谋，想给母亲下马威，也有人说某人在私底下煽风点火，据我初长成的心理揣度，伯父只是饿了，正午许多家端着饭碗聚在我家白桑葚树下漫天八卦，吹牛胡说早成约定俗成之规矩。伯父通常快速结束一碗饭，再来一口旱烟，故事大会就拉开了序幕。他曾是生产队长，又管理队上一群牛，趣味故事一抓一箩筐。领导一群人，一群牛，在那时不知有多威风，八面得风。

伯父最爱说去平顶山拉煤那次，领着一帮子人，一群牲畜拉着架子车，带着生产队蒸的白面馒头，路上就着井水，走了整整两个月。回来路上，天太干旱，井水干涸，一直找不到水，人和牲畜渴得受不住，有人生热咳嗽，有牛奄奄一息。正当时，普降大雨，他们高兴得手舞足蹈，人用手捧着草丛的水喝，牛在旁边贪婪喝，狂欢累了，就地休息。等第二天醒来，喝水的地方满是牛粪虫蚁，心里发呕难受，一个个看着都不敢多说。

每说一次，伯父时而抑扬顿挫，时而深沉沧桑。那些中年听众不住感慨，我们这群小孩子觉得是童话故事，老一辈眼泪汪汪。

父亲不常在白桑葚树下，一直不曾在家，退休后，白桑葚树下一群男人光着膀子，露出黑黝黝健壮的臂膀，父亲皮肤细嫩，同邻人的粗犷相比，他有点羞涩，不愿意赤露上身，穿着母亲买的褂子也不肯出来，一个人在院子里吃饭，听庭院外人胡扯乱说。那时伯父身体硬朗，家中劳动力增加，生活一点点好转，白面馒头、白花花面条成家家常态。白桑葚树下另一位活跃分子老范不幸去世，年老组合少了一员，伯父的神情萎靡不振好一段时间。老范能跟伯父抗衡，参加过国民党，又转入游击队挎过枪，横渡铁索桥时差点丢了性命，轮到他所在后续部队上，命令传来，成功渡过，取得伟大胜利。唯一遗憾的是儿女成群，孝顺的在远方，不孝的在身边，老头活活被饿死。母亲曾偷偷给老范好吃的，倔强的老头一般不要，有时托母亲上集市给他买几个鸡蛋、番茄，自己做饭吃。后来这样偷偷摸摸的行为都被禁止，躺在床上不足月余，生命终止。可怜一代英雄男儿不是牺牲战场，而是在新生活里饿死。

那段时间，白桑葚树下总是有一句没一句，沉默加沉默。树另一边的我们，一众小屁孩，玩牌、青蛙跳井、石头剪刀布、恐怖鬼故事，笑声不断。一方天空两个世界，一个是逐渐老迈无言的世界，一个是朝阳初生青春蓬勃的世界。白桑葚树在暖风中静默，不时有几颗腐烂的熟桑葚掉下来，有时落碗中，有时打在人头上，有时就在脚旁边，人们置若罔闻，集体用一种方式哀悼。

伯父病情严重，是某一个秋收之后，嗜酒嗜烟，肺部已成黑色，秋收的忙碌加重病情，突然中风。医治一段时间，出院回家，说话功能大大丧失，走路一歪一扭，不能成行。家人叮咛不能再抽烟、喝酒，有好事之徒偷偷给他烟抽，他忍不住，咳嗽加剧，酒不再喝。那时我已成婚，老公和我隔三岔五回家帮助母亲照料，一位卖药的医生，每一次我们去买药他都说“你伯父还活着，他还真能活”。死亡终究挡不住，五年之后，伯父走了。最后身上疼痛难忍，哎哟哎哟叫得人心疼。饭吃不下，我们一家人要几个人才能扶起他勉强进食，母亲用锅灶下面的烟灰做成衬垫，垫在他身体下面，这样可以吸干他不能大小便带来的褥疮。

彼时，父亲的皮肤变得黝黑，早褪去上衣，赤裸上半身加入白桑葚树下的论坛。其他人话桑农，说天下奇闻，父亲除了农事头头是道，那些年在外的经历也成为谈资，我最爱听他讲蟒蛇的故事。某个原始森林有大树一般的蟒蛇，伐木工人砍伐不动，定睛一看原来是蟒蛇，吓得逃之夭夭，跑得慢的，被蛇吞入肚中。还有某个地方，隐藏一青一白两条蟒蛇，有小孩子常拿食物喂养，后来小孩子长大成人，到山里采药，不幸坠入山涧，他的父母日日在家门前呼喊。他们以为孩子永远不会回来，一个清晨，孩子背着药篓笑盈盈出现在父母面前。孩子说自己昏昏沉沉，觉得有一条柔软又长长的东西托起他缥缥缈缈回到家门口，醒过来没有见到任何东西。他父母感恩万千，供奉着灵位，感谢那位暗中帮助的神物。曾经消失的一青一白蟒蛇出现在男孩家附近，男孩发现一条受伤，用药物医治，喂养食物，突然 天不见踪影……我自此懂得，不要贪婪，学会善良，要感恩。

# 白桑葚·巧八哥（二）

## 巧八哥

邻家的五娘加入队伍，她一直都在，很多年一直不多言，话语渐多源于她女儿送的一只八哥，巧八哥真巧，会唱歌，会学人说话。孩子们围着它教它说，它不张口，五娘教什么就学什么，如此可气，我们趁五娘不注意，用木棒打它，再见我们，八哥就叫“坏蛋，坏蛋”。父亲亲近八哥，把家中的饭菜给它吃，出去干活回来也捉几只青虫给它吃，八哥见父亲就叫“好人，好人”。五娘有八哥做伴底气十足，在白桑葚树下话语多了，关于八哥的吃穿用度，每一天教的话语，不能在身边伺候的孝顺女儿。五娘可怜，童养媳出身，家道中落，跟随五伯父从大四川来这儿，希望找到饿不死的婆家。生养五儿一女，女儿大了嫁到远方，五个儿子相继成婚，儿媳嫌弃五娘碍手碍脚，又没有家产可以分配，他们各自占着五伯父和五娘辛辛苦苦盖的新瓦房，把五伯父五娘赶出去，在一处荒芜的草丛随便搭一简易茅屋居住。五伯父含恨而死，五娘眼睛哭得睁不开，只骂自己：“老不死，老不死，咋就不死哩！”

嫁到远乡的女儿原来日子过得紧巴巴，不常回来，日子好了，回来给老娘买衣买食物，并时常照顾五娘。几个儿媳又说嫁出去的女儿泼出去的水，自己婆母生活得好好的，一个女儿家常回来干什么，不是让人生厌吗？女儿气得号啕大哭，找几个哥哥评论，几个哥哥不发一言。无奈何，不敢常回，偷偷托人带东西给母亲，听人说八哥有灵气，就花重金买一只鸟给母亲解闷。

五娘有了八哥瞬间威风凛凛，说话有底气，做事有底气，整个人又有了精气神，好像回到同五伯父初识的岁月。当时，她正愁苦自己无路可走，遇见在她家乡拉货的五伯父，家庭同样贫穷的五伯父三十大几找不到媳妇，五娘对他嘘寒问暖，五伯父的柔情被激发，付出加倍的呵护，一路上好吃好喝的都尽着五娘，用生产队给的零用钱给五娘买了一身合体衣服，回到家乡，两人已俨然一对幸福夫妻。五伯父的母亲，就是我七祖母高兴得合不拢嘴，打光棍的五伯父出门一趟领回模样俊秀的漂亮大姑娘，天上掉馅饼，恰巧落在她们家人嘴里啊！

结婚以后的五伯父和五娘生活清贫，六个孩子接二连三出生，日子紧巴巴，但夫妻两人恩爱，再苦再累，他们都笑盈盈。我的七祖母在第一个孙子成婚后不久病逝，享年八十五岁，是村里人最长寿的，得益五娘对她的精心照料。几个孩子长大成人，每一家新修一房青砖瓦房，相继成婚，五伯父五娘老了，鬓发斑白，身体佝偻，步履不稳，成了家中累赘。

五娘幸福的日子不到一年，她的一个孙子趁着五娘熟睡，拿八哥炖汤喝，睡醒的五娘挨个村子找，邻居狗蛋说真话，是你孙子偷走炖了汤。五娘黯然神伤，默默回到屋中，几天没有出现在我家白桑葚树下，再次见，吓人一跳，眼睛如骷髅，身体消瘦如柴，整个人摇摇晃晃，随时有倒下去的危险。再在白桑葚树下聚会，她一语不发。父亲说五娘的魂随八哥走了，不多久，五娘真的走了。五娘的女儿回来，见母亲眼睛一直圆睁，她说："我妈想家了，想她小时候的家乡，想有五伯父温馨的家，还有八哥相依相伴的一人一鸟的家。"

出门打工的络绎不绝，年轻人的身影再不多见，我们都已结婚，不常回家，白桑葚树的聚会留下父亲母亲和五叔、二嫂，一些新一代孩童在电子世界不亦乐乎，我家门前空旷辽远。母亲有病，神医说家门前的白桑树有碍，要母亲砍去。有点迷信的母亲听从神医的话，指挥父亲砍断，只留下根部。这棵白桑葚树老了，中间有一窟窿，里面盛满虫，锈坏的树干无精打采，原本枝繁叶茂，大片阴凉，现只一株杆子发芽结果，虫子又多，父亲早就想把它砍掉。

白桑葚树被砍掉后，母亲的病依然需要医生诊治。一代代人走远，已为人母的我站在白桑葚树跟前发呆，一幅幅画面接踵而至，美好的青春岁月就这样跟着老一辈的逝去远了。渐渐成熟的我学会感恩，缅怀那段岁月里所有值得铭记的人事，也能以家中长女的身份为年老的父母分忧。

父亲节前回家，白桑葚树根部长出一株小苗，一人高，青青的翠叶在风中翻飞，希望还在。

# 刷　心

姑父送给我们一对木质椅子。

做工精巧，材料不俗，纯小白杨木。市面上也有售此种椅子，做工都不如姑父的手艺，再加上特意给我们做的，工艺和材料更是好上加好，我很喜欢，也很感激他。

放在一楼的客厅里，每一天都能够看看，坐上一坐，心情舒爽。

前些日子，打扫卫生时，一把椅子下面有很多黄黄的面粉一样的东西，疑心老鼠做的祸，仔细观察，是椅子上被虫噬下的木头屑。

拿起椅子看里面，有被噬的很多小洞，不解其意，有经验的邻居大叔说："新做的木头椅子要用油漆刷刷，否则会被虫噬的。"

虫子喜欢舒适地方，愿意不劳而获，但害怕坚固耐用的东西。木头松软，在虫子看来还有甜甜味道，偷偷在里面享受美食其乐无穷，如果用油漆一刷，柔软的虫子想冲破重重阻碍就难于上青天，家具要刷一层油漆也是这个道理。

天气好的时候，刷一下漆，椅子就安全了，我准备先去买一罐油漆时刻做好准备，以免椅子遭受大的殃祸，便于天气好时随时工作。

椅子刷了漆，防腐蚀，防潮，防氧化，并且美观。

人如果也被虫噬了，该如何治疗？

吃药打针，住院治疗吗？有时药物作用很苍白。

经常给自己的心刷一刷，预防控制，是不是会好一些？

人开始时似一块生长在荒野的顽石，有许多棱角，时光浸润，渐渐变得圆润，继续完善，一件艺术品打造成功。若是任其发展，不作为，不经常拂去蒙在心灵上的灰尘，渐渐变得幽怨、愤怒、低俗、狡诈腐蚀，人心坏掉，人也就变得狰狞可怕。

木质椅子和人一样，需要改善，椅子是外观方面，人却是内心世界。

# 小　鸟

一只小鸟飞进我的小屋。

当我看到时，它孤孤单单伫立在窗帘上，瞪大眼睛看我，有战栗，有恐惧。

它羽毛灰暗，夹杂白点，有点凌乱，细细尖尖的嘴巴，尾巴很短，是中原严寒里常见的那种鸟，有人叫它灰喜鹊。在萧瑟的冬天大地上，因有它们平添几多趣味和欢喜。

它什么时间进来，从哪里来？我无从知晓。我不会伤害它，更不会逮住它作为美餐。

一直觉得，每一个生命都值得尊重，无论花草树木，虫蚁鸟兽，若用真心对它，它也会爱你。我打算放它出去。

我把门打开，希望它从门口出去。它静静地看着我，一声不吭。我着急地大声说："你走吧！我不会害你的。"

它不懂，不动。

我站起来，用手轰它，它惊得叽叽乱叫，躲闪我，更找不到出路。

这样僵持很久，我毫无办法。它的羽毛因为慌乱，掉下几缕。它更害怕，我能够感觉到它身体的震颤。在它心里，拿我当坏人。

我走到窗前，拉开窗帘，拉开玻璃，拉开纱窗。也许，它可以从这里出去。

我静静地坐着看书，屋子静得能够听到心跳。

“忽”，它一下子就从窗口飞出，没有丝毫犹豫。后来，我分明听到有鸟声在窗边盘旋，啾啾啾啾，像在唱那首“感恩的心”。

人的一生也会有和这鸟一样被困于某处的时候，有人竭力帮助你走出，而你的心不敢，或者胆怯，都是走不出去的，只有内心笃定下来，终会在某个地方找到出路，走出困境，走向光明。

# 在生活中找寻美好（一）

## 遇　见

入冬的一个黄昏，我沿河边散步。

走到一半，看见一个小男孩慌慌张张走来，见我，张大嘴欲说，又忍住没说。

我向前后看看，不见大人，心想粗心的大人对孩子够放心，不怕坏人趁机行不轨。

男孩终于开口，说：“阿姨，能帮我个忙吗？”

我点点头，跟他往前走。

不远处，一个小女孩正在用力打捞一只鸟，嘴里念念有词：“小可怜，你冷吗？一会儿妈妈帮你暖暖，别怕，别怕——”

一只鸟，正惊恐地望着女孩，身子漂向河深处去，羽毛湿了，耷拉着，一点神采都没有。我能感觉它在战栗，冷，怕人伤害。

女孩见鸟又向远处去了，急得要哭出来，大声说："怎么这样不听话，不是告诉你要耐心点，我正在想办法，哥哥去找大人了。"

我怕女孩掉入河中，赶紧拉她过来，在岸边找到一根干树枝。试了试河岸的坚固，我用树枝把鸟拉近，伸手捡起。女孩顾不得感谢，接过我手中的鸟，用自己的衣服擦拭鸟湿漉漉的羽毛。哥哥也来帮忙。等水干尽，他们把它放在怀里。

我笑了，说："你们不怕把它捂死？先看看它是不是受伤了。"

女孩，抬起头，用晶晶亮的眼睛看着我，说："谢谢你，阿姨，我们老师说，要爱护小动物，见到受伤的小动物记得关爱。"男孩胸有成竹地说："我看过一本书，里面说一只冻僵的鸟，两个小朋友用自己的身体帮它取暖，它被救活了。"

我伸手摸摸两个孩子，嘱咐他们要到路上去，不能在岸边逗留，我并没有阻止他们保护鸟的行为。

孩子有孩子的世界，有他们自己的处事方式，让他们处置，从中收获到的远远大于大人手把手教育的。

两个孩子朝家走去，他们告诉我，回家给鸟找吃的，用棉被包裹住取暖。鸟没有受伤，可能体力不支，落入河中，浸了水，飞不起来。

我想，在两个孩子尽力挽救下，它一定能够展翅飞翔，在属于自己的蓝天白云中自由自在飞翔。

走过很远，我回头，两兄妹头挨头，一边走一边讨论着，相信两人会找到最好的方案解决鸟的问题。

鸟是否被救活了，我无从知晓，然而两个孩子天真、简单、善良的心性不时浮现眼前。人们常常抱怨生活无奈，人生无趣，诸多不公，让一颗原本单纯美好的灵魂布满氤氲，失去生命应该有的趣味。当孩子因为一只无关紧要的鸟，兴师动众全力营救，死水一般的心灵可曾涌动着潮涨潮落的澎湃。

台湾诗人向明说："诗人越天真，写出来的诗越可贵。"我深以为然。天真好似初秋清晨的露珠，晶莹多芒，有许多的饱满和清爽。

人应该如此，无论哪个年龄，内心若能够保持天真，人生会生出好多可贵之处。

大人保持天真难，需要阅尽繁华后的淡然、悠然、释然；小孩子保持天真容易，因为他们本身就是天真的。

# 在生活中找寻美好（二）

## 走　走

冷的天，有明亮的阳光，心无缘由生出欢喜，群聚或独处都美不可言。

骑着儿子的车，沿路边行驶，冷的天，因全力以赴的忙碌，暖却悄然侵入。路上的风景太多，优哉游哉的路人，匆匆忙忙的车辆，三人成群的说众，赶着上学的孩子，赶着上班的工薪族，景色在眼，呼呼的风声在耳，而我加速度赶时间。

人生在世，差不多一小半时间在赶，赶上心中想要的某种目标。因此，常常忽略路途中的风景，有点猪八戒吃人参果的速度，吃得不少，味道竟然不知。心中了然，可谁舍得唾手可得的诱惑?

骑到新修的大桥，爬坡路缓升，骑着并不容易，一步也不能大意，否则停止不前。并排走来一对老夫妇，都戴着墨镜，不急不慢，彼此没有交流，专心走路。我脚下使劲，用力蹬车。擦肩而过时我望过他们，幸福的感觉在心间荡漾。他们应该也看到了我，擦肩而过的路人，常常让你瞬间心情舒畅。多好！

机器的蜂鸣从远方传来，早起上工的建筑队在整修未完的工事，每一天我都从旁边经过，一点点见证平凡的伟大。气势雄伟的大桥，出自多少双满是老茧的手，经过多少早起晚归的辛苦工作才能完成。感动！

一群鸟在树上叫。记得多次同它们近在咫尺，我常注目看。好像它们是我的伙伴，在我必经的路上等待我，然后一起同行一段，然后各自走向自己的目的地。它们叫声清脆，叽叽，叽叽，摆着尾巴，头朝天空。细细品味，有种漫卷而来的豪气，像在诉说，像在寻觅，像在等待，像在沉默，人有人言，鸟有鸟语。我不懂，却能感到自然的美好，怀着感恩，生命会给予许多意想不到的体贴。

冬天，在北方，能够遇到不怕寒冷、迎风飞翔的鸟，路途匆忙，人生磕绊，顷刻荡然无存。感谢！

行到最高处，看冬水缓慢流，人在河边走，河中几根干枯的树枝，竟有种如在梦中游的幻觉。没有别人，我却觉得有无数人在，凉凉的风，清晨明媚的阳光，天空飘着的云影，夹岸青青的麦子，河里藏在暗处的游鱼，远去的夫妇，远方的机器轰鸣，心底淡淡升腾的温暖，还有一只一只飞来飞去的鸟儿。

不曾邀约，它们不请自来，我看见活着的美妙姿态，那里面有淡定，有从容，有知足，有坦然，有努力，有生命不曾枯竭的春意。

当我们为生活歇斯底里地奔跑匆忙时，生活的趣味已离我们远去。

回头望，路程不远，一路风景简单重复，却收获颇多，像一匹缎锦，上面绣着让人惊异的美丽。

# 停 停

阳光照着，十二月的天，晴朗朗的，尚有暖意，是冬向深处延伸的过渡。

不朝阳的楼梯间有股寒凉彻骨的冷。我喝下热水，暖暖胃，站起来走动，热乎热乎双脚。

终于习惯一个人独自面对一大段时间，没有浮躁，没有幽怨，没有孤独，没有悲凉。

屋子常常寂静，听得见思考和心跳。屋后热闹非凡，幼儿园快乐的音乐和舞蹈每天都如期而至。有时，我停下，认真听。有时，我并不被惊扰，心静如水。

多数时间，只沉迷于自我的世界，读一本书，查一些资料，记录一篇文字，干好工作。

我常坐在屋内，冬日的阳光一点也透不进来，身体因久坐发冷，感觉自己似乎掉进冰窖。然而一段文字在眼前晃动，美好的感觉浸入肌骨，在它们的抚慰中，冰冷的感觉消散逃离，内心生出一股暖意。人，悠闲下来，会变得从容。觉得当下拥有最好，会用一种平静的心情，爽爽利利地活着。

冬天的夜幕早早降临，叶子一片片无声地降落，走在人头攒动的街头，看高楼林立，街上的灯光通明，五颜六色，斑斓闪烁。

我把手揣在裤兜里，回忆着思念的愁。

时间是坐标上的钟摆，不去看，永远以为就停留在某个地方，等你看到，早就从这儿跑到那儿，中间隔着很远很远的距离。

我们走过青春，以为人生已近暮色，时常把时光消耗在无望的叹息中。后来才明白，只要自己不觉得日暮西山，人生的任何时刻都能充满青春的光彩。不同的时间段，做这个时间的事儿，给那些时间点灌满柔美的金色，时光会远，人生从容。

那些树叶，那些信，那些想说的情话，那些想象的场景，那些画的画，成为一个人的秘密，一个人的山水长空，一个人的青春爱恋，一个人的江水滔滔。

把它们，锁在青春的彼岸，安放在少年的号码牌里。

原以为来日方长，不过是转瞬即逝。

原以为时光有情，才知道时间最薄凉。

原以为春秋大梦不醒，时光不老，永远旖旎，后来发现，梦里落花，梦外花非花雾非雾。

## 想　想

有人问圣人："天地之间的距离是多少？"

圣人说："三尺。"

问者不以为然："我们每个人都超过三尺，如果天地之间只有三尺，天空岂不都是窟窿？"

圣人回答："因为我们要学会低头。"

正因为低头，天地之间距离虽短，却不会被人损坏。静下来，为了自己能够好好低下头思考，不让某些膨胀迷蒙自己的眼睛。

一个人真正长大，不是年龄增加多少，而是学会思索，学会沉潜。能进能退，能长能短，能热闹能安静。

喜欢的人，常在一起聚聚，不喜欢的人，远远走开。不为某个人肝肠寸断，不为某些事儿纠缠不休。喜欢的事情就去做，不喜欢的事情能避开则避开，不能避开就当作历练。

尘世生活，纷纷扰扰，苦辣酸甜，不可预期，让心香焚烧，任宽阔大道，寂寥长巷，亦无法左右心情。

低下头，冲不破天，踩不坏地，却能让自己安稳走路，顺利走完人生之路。

生命最好的风景，总是走着走着便发现，想要拥有看不完的美丽，需要用一颗坚毅淡然的心不停地走着。

## 春天，在薄凉里妩媚

岁月和光阴给我的一切
我吞下
并把这些味道
秘而不宣地消化掉
让它们长出生命
最新的绿苔

读着一见如故的诗句，如春的感觉迎面吹来。有时，就是一些偶然发现蓬勃了生命的某个阶段。欢喜与厌恶，深重与浅淡，通常一见钟情，一见定格。

而春就在心与心的交欢中迤逦走来，日子重新又一个轮回，冬浅了，春深了。今天是昨天的继续，明天是今天的承接。

春天，别来无恙！

再次见到，没有泪水幽怨，没有沉默尴尬，全是欣喜和欢悦。好像离去只是刹那，那一刹那不过是孩子似的玩捉迷藏，悄悄地躲在一隅，注视的目光从未离开。

风筝飞，花香飘飘，缕缕人间烟火。桃花开，桃李争春，欲说还休欢喜。梅花俏，含羞独倚，低头处处温柔。

春日初来，尚有薄薄的微凉，轻轻的微寒，淡淡的冷清，却始终阻挡不住春的脚步、踏青的心情、欢乐的笑容。春光虽短，生命亦匆匆。得也罢，失望也好，日子总在缓缓间流淌而去。

春，在微凉风里，在淡淡暖里，走向妩媚。

再次走在春天里，春的讯息弥漫整个心房。我在春风里沉醉，沉醉在春风里。

清晨，在公园，在街道，是三三两两早起的人们，这经过春雨洗礼后的天，这因为黑夜休眠好的天，除了澄澈透明，你竟然不知道会用哪些词来形容。远远的，看到一片片红云，悠来悠去，会让人怀疑走在仙界的边缘。近旁，看到一丛丛红叶树在晨曦的亮光里晃晃荡荡，它们就是红叶树，红得不艳丽，红得不低俗，红得恰恰好，只是你会喜欢，很想一次次看了又看。

柳絮已经扎满枝条的缝缝隙隙，在河边跳着轻盈的舞蹈，等着欢喜的人们或者即将步入婚姻殿堂的青年男女合影留念，他们是甜蜜幸福快乐的，它们也一样合不拢嘴地欢笑，你听，丝丝缕缕，一阵阵低沉的回声可能就是它们快乐的歌调。

樱花可就毫不客气地先声夺人，走在这个时段的前列，它们很顽皮，开始有点扭扭捏捏的，长出的绿叶作为开路先锋，花儿一点点开始绽放，是金粉的红，秀外慧中的粉色系列，一束束，一枝枝欢舞，终将会是满树蓬勃的芬芳。白杨树的花苞好像还在脑中存着影像，一转眼，叶片可劲儿随着风儿狂乱地飞舞，生怕人们没有看到，忘记了它们的存在，忘记它们已经长成少年的心事。

春天的水清澈透明，似明镜的湖面在微风吹过后更加干干净净，你的倒影在水里看得清清楚楚，有一脚想踏上去问个究竟的疑惑，怎么可以这样清晰可见，莫不是春娘娘施了魔法，洒了增白映亮的物什？这明亮的天气，仿佛一伸手，就摸到大把大把光滑润泽的琉璃，又或者是满手的脂膏，等着愿意抓一些的人们。这样的时光，你不会无缘无故地生些哀怨，也不会唉声叹气愁眉不展吧！

春去春又来，花谢花又开，月缺月又圆，欢乐总是多于惆怅，再来的总是好于走远的。

春雷响，春风起，春花荣，春的时光里，安静地看，用心地听，美丽的风景，就在刚刚好的遇见。

刚刚好的遇见，把一段光阴婉转成一曲笙歌四起。任光阴荏苒，任时光飞逝，任悲欢离合，持一颗简单的心，简单地生活。

# 世间最动听的情话

春天有声音，且是最温软的情话。

我的脑海里常常浮动着一幅幅图画。

清晨，我是被鸟鸣叫醒的。屋后一大片树林，冬天寂静无声，偶尔的鸟鸣只是一声，便消失无踪迹。春的节令宣布开始，鸟声便大不同于从前，叽叽，啾啾，一声声不停。它们好像在跳晨舞，唱着美妙的音乐，释放困倦一冬的僵硬。

醒来以后，我通常会躺一会儿，为了聆听外面叽喳的话语，然后让心灵舒展，一天的美好就此开始。

想起那次聚会，一位豪放的大姐端着酒杯说下辈子投生，不要做女人。人们笑着打趣她，让她变成男人，变头猪，变作一只小鸟……她要变成大熊猫，成为国家级保护动物，可以食肉，可以食植被。人有时奇怪，说着不愿意做的自己，却在做自我的路上呕心沥血，尽职尽责。哪像鸟儿，冬天潜藏，春天出来，夏天欢叫，秋天隐退，来时宏大热烈，去时悄无声息，一息尚存，无拘无束，寿命一到，葬身天地。不需伪装，不用隐忍，不拘泥，随性而为。当然，它们品尝不到人间的甘苦酸辣，自然无法体味最顶峰的极致，最无底的深渊，起起落落，繁华寥落，于它们无缘，这是它们的幸运，也是它们的遗憾。

声音会传染，可能是第一次鸟鸣，或者是多次的鸟鸣之后，那些先知先觉的林木把灰暗的衣物褪掉，准备参加不久将至的春之宴会。

最早的是桃，桃花灼灼，艳压四野，仿佛一瞬间显现。树皮率先泛起油亮，一个个花苞凸于枝干，一转身的刹那，几朵红粉裂开嘴巴，微笑伫立面前，像等不及掀盖头的新娘，自己动手。让人诧异是否穿越时光隧道，从深冬一下子到了春花烂漫。柳条不甘示弱，这边的红粉尚未满枝头，柳皮已经胀得鼓鼓，在凸起的枝节间跃跃欲试，见多了季节轮回的人们仍然惊喜着大声言语，春天真的来了，柳条都泛青了，杨柳依依，柳如烟的日子不远矣。其他的，冬青树叶愈发青葱，新生的芽儿在老叶庇护下毫不示弱；迎春花用黄色装点自己，好为世间添一抹喜悦；枯干的狗尾巴草随风摇摆，似在倾诉依依不舍的情缘。

行在春水荡漾的岸边，小路弯弯，赭红泥石上印着无数人的足迹，苍老或年幼，庞大或瘦弱，无法准确计量，可时间的中轴线上有墨迹斑斑遗留，天空没有鸟儿的痕迹，可鸟儿已经飞过，路上不见你我的足印，但我们都曾经来过。远望河流，波动的涟漪好像在传递转角的故事，冬天已走远，春天逐渐走向深处。滔滔水声，融化的凝土，潜滋暗长的树木花草，无不动人心弦。

低头巡回的片刻，一次次震撼在这些无声胜有声的大自然的语言中，自我的渺小，相对于天地的高岸。每一段光阴的此岸彼岸，都是储存情话的仓库，只要你是有心人。

不远处高空翩跹的风筝再一次把我拉回当下，春三月，风筝飞满天。老老少少，男男女女，在广场上，将手中线拉得长长，放飞心中的梦想，任各色风筝天空飞翔。人的脸上是有光彩的，生活是个大舞台，只要你愿意，都会有一席之地供养，你只需坚强不息，更会有沃土任意驰骋，谁说风中飞舞的风筝，地上松绑的心灵，不是好听的情话？

立在缤纷的画面前，无数个回忆荡来荡去，每一个初春时节，都会许下诺言，这一年不能愧对，要让自己成长，要有所收获，满怀激情和豪迈。仿佛还是扎羊角辫的小女孩，转眼已成他人口中的中年阿姨。心里住着小女孩，人已沧桑如故人。

太多春天的情话使我迷乱，我不准备将它们一一呈现，那些关于春天的私语就留给每一位亲历者感受，记忆丰盈需要将心敞开，目光所在，灵魂感动，方能收获满载。

我痴痴地静立在最美的情话世界中，想象着过去的自己，想象着不久即将蓬勃的春潮。我相信拥有时的激动万分，足以抵抗逝去岁月中或多或少的遗憾怅惘。我相信光阴无论如何游弋，总会相遇美好，还给自己最醇美的春满花枝。

世间最美的情话，总是人声伴着自然万物一同齐发。

矗立在初春地平线上，我分明听到春锣鼓喧天异彩纷呈的盛况。

时间像无形的手，拉着我前进，前进……

## 好时光，旧时光

十一年前的学生通过微信联系上我，春节要来家里看我。

我无比欢喜，劳动成果得到肯定，多年以后还会记得人生路上匆匆而过的一个人，不容易。

地上的路有千万条，可以来来回回走，人生的路是单程线路，走过了无法回头。我早已忘却了每一段路上曾经细密的情节，却有人用冻结键保存最原始的版本。沉睡的记忆苏醒，轻舞飞扬的好时光啊！

他说，老师，那时好潇洒，除了讲课本知识，还爱用一些时间给他们讲道理，说俗世，谈人生哲理。他那时内向，不善言辞，特别喜欢我上课，有种时时刻刻激情澎湃、斗志昂扬的豪迈。

他还说，后来人生路上尝尽辛酸苦涩，每次他都能勇往直前，毫不气馁，动力源泉就是我曾经说的一些看似无用的废话。想起我一直微笑，青春涌动的劲头、正经受的苦难被化解了。

他说，那时的我如同火焰，燃烧着，温暖着，明亮着。

我突然有种登临顶峰一览众山小的迷醉。对一位女教师用上潇洒，特别受用。挥斥方遒，激昂文字，粪土万户侯，看人间风流，手握长龙，谁主沉浮——这个意气风发的样子，是我膜拜顶礼的标杆，用在自己身上，受用之至。

我呵呵笑。他很认真地说：“真的，你那时浑身洋溢着说不出的欢快，我们都说上你的课好像吃了兴奋剂，气冲斗牛。”

我想起，他们私下叫我姐，一群半大小子姑娘们。

我回想，原不是自己热衷的学校，热爱的专业，一不小心沉入其中，把它当作青春的见证，尽力用自己所学所感所悟倾囊相授，灌溉一批又一批祖国花朵。翻看相册，影像中的我同一群十几岁的孩子在一起，脸上表情相似，显得羞涩，柔弱。如风中摇摆的幼树，满树苍翠，枝干纤细。又似夜空繁星，星星点点，却异常明亮。

人的风采，不只是年龄、地位、等级、容貌的美丑，更多是由内而外散发的质感，从内心深处奉献的纯棉温暖。用心去做，真情呈现，必然使人妥帖安适，如沐晨风，如入芝兰之室。青春、自信、向上、乐观，感染自己，感染他人，经年不忘。

保持精神明亮，葆有自我的纯真品质，不知道什么时候，会被谁借走，以此走出黑暗，走向明媚。

由此我想起对我影响深刻的一个人。他是我初中二年级的地理老师，名字忘了。记忆清晰的是他瘦高个儿，背微微驼，喜欢穿白衬衫，永远一尘不染，皮鞋擦得锃亮。前额留着头发，衬得他的小眼睛格外迷人。

地理课是副科，在主课面前，它是二房生的孩子，占着位置，却无足轻重。为了心仪的重点高中，我们都当这门课如风过耳边，转瞬即逝。

他上课从不带课本，哪一章节，哪一课随手拈来，一个国家，一个省市，一个地区的构造模型，他都心熟，随意勾勒，惟妙惟肖。我们知道有的国家属于亚热带气候，有的属于寒带气候，有的属于温带气候；有的省市如骏马奔腾，有的如苍鹰展翅，有的如人之帽檐，有的如雄狮尾巴，有的如家中脸盆……

刚刚开始上课，大家品评他的穿着，男生模仿他的发型，他的白衬衫、黑裤子，女生秋波动荡希望引起他的注意。慢慢地，在他的课堂上，大家恢复常态。一个个昂起的头颅低下来，说话，传纸条，看小说，乱糟糟。有时声音太大，他停下来，静静地看着我们。得意忘形的我们没有听见滔滔不绝的讲解，抬起头，目目相对，被他无声的力量震慑，瞬间静寂，所有无关上课的闹剧停止，目不转睛地望着他，神态虔诚。他不多说，继续讲课，然后梳理一堂课的内容，然后布置作业，下课铃响，他离开。

那时他二十几岁的样子，成熟得好像历经沧海的中年人。我们喜欢上他的课，他的课没有其他老师措辞严厉咄咄逼人，不会漫无天际地留给我们讨厌的作业。上课可以走神，可以沉迷于自己的爱好中。他语速适中，课堂分解清晰有条理，板书清楚明了，我所有的任课老师中，只有他的板书从左到右一丝不苟，整整齐齐。有一年我带一个班的地理课，想模仿他的样子板书，勾画。站在教室后面看自己的杰作，恨不得立即擦掉，我的板书参差不齐，缺少完美划一的布局，比较之后才懂得功夫不是一朝一夕得来的。

他所演绎的正是人生。人生开始时是一张白纸，后被星罗密布的经历填满，有人乱七八糟，有人布置合理，有人充盈不失美感。

他后来走了，考上研究生，到更高的地方去施展才华。听人说，他又考上博士，出国留学，在京定居。人生接近完美。

地理课上所学，在从事其他行业后，已成过眼烟云。但他对自己要求精致、对学生宽容严谨，上课自由挥洒的模样，浓缩成一帧图片，刻在每个人心里。前些年同学聚会，我们都几近不惑，说起他，不约而同惊呼，地理老师对我们影响最大。看似散漫、无组织无纪律的课堂学习，总是成绩名列前茅，其中两位同学现已专心从事地理研究。青春的年纪，有一颗春天种下的种子，原来可以还世界一片绿色。

江南好，风景旧曾谙。日出江花红胜火，春来江水绿如蓝，能不忆江南？

我被念起我的人拉回那段好时光，彼时，我正风华，绮丽年华，留给自己，流向别人。打开尘封已久的记忆大门，有一段时光，住着稚嫩青涩的一群人，因一个人，唯美一辈子。

谁是谁的曾经？朝夕流转，总是有人住在你的心里，也有人将你住在心里。

那些彼此纯良的岁月，因为温暖，所以铭心刻骨。

提高现代文阅读和写作成绩的金钥匙

# 王崇菊作品
# 阅读试题详析详解

## 心灵栖息的港湾

①印象中，父亲白白胖胖，慈眉善目，和蔼可亲，有点羞涩，也许缘于他常年在外与邻里乡亲接触少吧。

②记忆中对父亲的印象最深刻的一次是在我很小的时候。那时，我还不懂事，一个人在家玩。一男子背着两个大包，风尘仆仆，胡子拉碴进家来，一见我就说你是不是妞呀？你妈呢？来，给吃糖！我一见是陌生人，又是这样子，就吓得哇哇哭，飞一般跑出去找妈妈。妈妈回来一看，笑哈哈对我说“他是你爸爸”。“爸爸？”从此我的记忆里才有了爸爸的概念。怯生生望着应该叫“爸爸”的陌生人，无论妈妈和他怎么哄，我也不肯叫“爸爸”，也不肯到跟前去。这就是我最初对父亲的印象了。

③ 父亲在铁路局上班，常年在外地，一年回来两次，每次待一个多月或者更短。每次回来，父亲总是拎几个大大的包，里面很多东西。那时候盼着父亲回来，盼望的是包里面有好吃好玩的，里面装满了我儿时甜蜜的梦想。父亲每一次走的时候，总是对我和弟弟千叮咛，万嘱咐，要我和弟弟听妈妈的话，帮妈妈做力所能及的事情，我和弟弟总是似懂非懂地点着头，而妈妈每一次总是泪光盈盈，依依不舍。

④ 渐渐长大，才知道父亲在外工作的不易和辛苦。大概从小学二年级时，由于妈妈不识字，由别人代替给父亲写信改为由我写信。那时许多字不会写，就用拼音或者错别字替代。父亲的回信总是鼓励的居多："我读你写的信越来越不用费力了"，"进步很大"，"字写得越来越好看了"，"内容也越来越丰富"等。得到父亲的夸奖，我写信的劲头更大，更卖力了，还总小大人似的告诉妈妈"我要亲自叠，亲自粘好，亲自去邮局寄送"。

⑤ 童年至今，我总是感觉父亲对我的爱要大于弟弟。在我的印象里，弟弟挨打挨骂的次数很多很多，弟弟太调皮，总惹他生气（记忆中我就有一次因太过淘气顽劣被揍了一顿，但爸爸妈妈说那是没有的事）。因而我对父亲的感情很浓，很强，很深。有时候站在父亲的身旁，听着父亲均匀的呼吸，感受那份慈爱的目光，享受着父女二人世界里的温暖与美妙，是世界上多么幸福的时刻啊！

⑥ 让父亲失望痛心的一件事发生在我读高中的时候。上学以后，父亲一直以我为荣，以我为骄傲，无论他到哪里总是带着我，还时不时夸我如何可爱，聪慧，成绩如何好，因为我的奖状家里贴得满屋都是。可是叛逆、轻狂、无知无畏的青春期里，特

别是高三时与同学们疯玩，嬉闹，无心学习，成绩一落千丈，最后名落孙山。父亲让我复读，我死活不干，整日在家中无所事事，睡觉，看电视，还扬言要外出打工。气愤又无可奈何的父亲看着我却不知所措，无能为力，无论怎样的恨铁不成钢，他还是不忍心打我骂我。

⑦ 那个让他自豪、骄傲、引以为荣的女儿怎么就变得这样顽劣，这样胸无大志，这样自暴自弃？他的脸上弥漫着一层淡淡的无奈与忧伤。尽管我心里也不好受，也知道自己做得不对，但却还是我行我素，现在回头想想，真是太不应该了。

⑧ 休养生息半年，不知道是哪根神经被触动，或是想通了，玩腻了，元旦过后，我决定复读。清楚地记得，父亲用自行车驮着我，驮着我的行囊，刺骨的寒风里，黑黑的冬天清晨，父亲竟把穿着的毛衣脱掉，穿着单薄的衣衫还汗流浃背。而我捂得只留两只眼睛，穿着厚厚的棉衣还冷得直哆嗦。终于开窍、醒悟的女儿怎么不让父亲欢喜激动？！

⑨ 苦苦的读，苦苦的学，总算为父亲撑了一下脸面，混得一个大学上上。记得父亲看到录取通知书时，那样喜悦，那样欣慰，那笑容就如寒风凛冽的冬日盼到的久违的明媚阳光。孩子一点点的成绩就足以让你似孩童般兴奋、满足。

⑩ 现在父亲退休了，老了，体格也不再矫健，行走也不再如风，头发也不再浓密黑黝，只是还是那样的慈眉善目，笑容满面，偶尔有一点点的羞涩，那是在我和弟弟尽应尽的职责，尽该尽的孝心时幸福伴着局促不安的神态。

⑪ 人常说女儿是父亲前世的情人，也有人说女儿是父母的贴身小棉袄，还有人说女儿是父母心尖最嫩最嫩的那一块肉。

⑫ 父亲啊！你很平凡，但你为家庭为儿女的付出却很伟大；你很普通，但你像一棵小草一样为春天奉献了毕生的颜色；我坚强而又执着地走着，因为我的身上流着你坚韧的血液；我热烈而又快乐地爱着，因为我的身上有你无私博大的影子。

⑬ 父亲啊，感谢你把我带到这个明媚的世界上并给我一个温暖的家！今生做你的女儿很值得，很知足，很幸福，还没有做够，下辈子咱们还做父女，好吗？

1．文中写了关于父亲的几件事，请按照顺序写出来。

2．文章第二段的作用是什么？

3．文中画横线的句子有什么作用，请从修辞角度赏析。

4．文章里的父亲是个怎么样的人，结合文章内容来分析。

**参考答案：**

1．父亲从远方回来，“我”不曾相见，因此不认识父亲的“我”被吓哭；给“我”的回信满是鼓舞，增加“我”的信心；对“我”的疼爱大于弟弟，“我”内心欢快；送“我”上学，辛苦的背影教会“我”坚韧和毅力。

2．插叙，回忆幼时父亲回家“我”刚刚看到他时的情景。表达“我”对父亲的感激，为下文抒发父亲对“我”的爱和“我”对父亲满心的感动做铺垫，推动故事情节的发展。

3．比喻，把女儿比作父亲的情人，比作父母心头的肉，生动形象地写父亲同女儿之间血浓于水的关系，表达对父亲的赞美、喜爱、敬重，为下文抒发情感做铺垫。

4．文中的父亲勤劳，甘愿为家庭付出，从他一年回家的次数不多，忙碌干活可以看出；父亲爱孩子，疼爱有加，回家总是带些礼物，并不辞辛劳送女儿上学。

## 笛 神

① 他喜欢吹笛。

② 赶着牛羊在山坡吹，或独在自己院落吹，人们叫他笛神。

③ 他的笛声清越，有清晨溪水哗哗啦啦流淌的欢歌笑语，仿似一群孩童嬉戏在晨间；有汹涌澎湃激流涌动的浑厚气势，仿似金戈铁马踢踏在纷飞战火之中；有柔情似水缠缠绵绵的悱恻婉转，仿似有情人在哀怨地诉说相思。听听笛声，是生活的调味品，让淡如水的日子变得明丽。

④ 人们不与他来往，他也不同人们往来。牵着一头牛，两只羊，日出而上山，日落而回家。他的牛老了，换年轻的；他的羊老了，养刚出生的，三种组合，牛、羊、他，是小山村的一道风景。他从哪里来，日子怎么过，最老的人也很恍惚。

⑤ 当清晨袅袅炊烟飘着饭香在村中弥漫，他悠扬的笛声如翠鸟欢叫，吹开了惺忪的睡眼；当人们围坐在村中央树下闲谈高笑，他的笛声从遥远的山中传来；当万家灯火辉映，一家人坐在炉火上大快朵颐，他的笛声顺着清寒的月光洒在辽阔的天空。人们习惯，伴着笛声而起，伴着笛声安眠。偶有几日不闻笛声，人们会不适应，吃饭不香，做事无神，交头接耳问询原因，等笛声再起，欢快扬在人们脸上。唯独少有人问原因，问他的日常。

⑥ 他一年四季用宽大的麦秸帽遮盖面容，看不清眼睛，看不清脸上的表情。因为笛声，很多人家的争吵会很快消散，一些刚出生的婴儿能静静睡眠。笛声起，人们沉醉在笛声中，那些劳作的艰辛，生活的不顺，人情的冷暖，都在笛声中散去。宛若人间最美的忘忧草，给人力量，给人温暖，让每一个平淡的日子多了一份恬淡和愉悦。由于笛声的存在，偏安一隅的乡村，多了某种神秘色彩，甚至有人传说，这个村落有神仙眷顾，风调雨顺，和睦安乐，是难得的风水宝地。

⑦ 那个日子，他不同往常一般中午不在家，平日他带着干粮在山上，一待就是一天。这天他的牛病了，连上山的力气都没有，他在用药草给牛治疗。

⑧ 安顿好牛，他坐在小屋旁边的溪流边吹笛，笛声幽怨，似在祈祷牛儿赶快好起来，似在诉说一件尘封已久的往事。正在做饭的忘了添柴火，正在吃饭的停下筷子，闲谈的人停止闲谈，人们沉浸在如泣如诉的笛声中，忘记自己，忘记时间，忘记彼此。突然，笛声戛然而止，余音带着慌张和匆促。

⑨ 有人大叫，“落水了，落水了，快来救人！”附近的往河边赶去，远处的向附近赶去，一个小孩的头伸出又下沉，下沉又伸出。有会水的下去，抓住孩子，救他上来。孩子苏醒的瞬间，说：“爷爷，爷爷……”手指向河中。醒悟过来的人们惊呼，刚才看到水花咕嘟咕嘟，以为是救孩子的余波。再次下水，打捞出来笛神的尸体，呼吸已经停止。

⑩ 孩子着迷笛声，又不敢近旁，潜藏在离他附近的一棵树上，可能忘乎所以，手舞足蹈，从树上滑落，掉到河中，听到声音的他迅速跳到河中救援。孩子得救，他走了，笛声消失得那么

匆忙，就在于此。

⑪ 先进事迹感动着人们，追封他为先进英雄，开大会向他学习。有人认出，他是孤儿，父亲早逝，母亲在他五岁时亡故，他走东串西，活了过来。后来，跟着一位拾废品的老人过活，学会吹笛。老人过世，他安葬完毕，用仅有的钱购买牛羊，安居在小山村一家无人居住的破旧小屋，一直到溺亡。

⑫ 有人杜撰，他遇见过一位美好的女子，两个人生活过一段日子，后来女子嫌贫爱富跑了，他对生活无望，隐居在此，终日以笛声相伴。还有人说他是某个神仙下凡，为了拯救这个落水的小孩，在此等待那么多年。

⑬ 所有的故事都成为故事，留待他人演绎，他的笛声永远响在人们心中。清晨会有人抬头张望，午间会有人静静沉思，夜晚会有人凝望出神。

⑭ 笛子陈列在村部玻璃器皿中，总有人看管，一代一代轮回。

⑮ 笛神走了，笛音却常常回旋在空谷，一阵，一阵，又一阵。

⑯ 那个被救的小孩考上音乐学院，留着长长的发，飘逸俊俏。最吸引人眼球的是，他的笛子吹得特别好，能让哭的人笑，笑的人哭，能让鸟儿驻足，让人落泪。

⑰ 有小溪潺潺流水的泠泠淙淙，有荡气回肠激战的拼杀，有小桥流水人家温温暖暖的柔软，有情思点点幽幽噎噎的诉说冥想。

⑱ 笛神还在。

1. 本文采用什么写法，有何作用？

2. 文中写村中的人和落水的孩子的作用是什么？

3. 结尾段的作用是什么？

4. 文中画横线句子的表达效果是什么?

**参考答案:**

1. 层层铺垫，欲扬先抑，对比写法，如对比：用笛神前后的模样、态度，以及他吹笛时人们对他的态度和他挽救孩子的行动对比，从而突出笛神清心寡欲，认真生活，但热心善良，不计较得失的品质，反衬村里人的漠视，反映现实人心的冷漠，从而希望社会之人都能献出自己的爱心。

2. 写村中人是为了衬托笛神高尚的节操和高洁的品格；写落水的孩子是表现笛神舍己为人不怕牺牲的精神品质，突出人心的良善，以及希望爱心可以传递下去的愿望。

3. 写笛神救下的孩子后来的成就，再一次升华了笛神的功德；总结全文，深化主旨，表达对笛神的赞美和后继有人的心安；意味深长，留给人想象的空间。

4. 运用排比，写出笛神高超的技艺和不凡的音乐造诣，为他后来带给人的美好享受和功德以及救下落水少年埋下伏笔，使文章有感染力，增加波澜。

## 天亮了，花开了

① 喜欢花，任何有花的地方，我都爱驻足。

② 经济范围内我会时不时购买一些花回家。总觉花不容易，积淀那么久，开放只一时，且拼尽全力，凋零那么快，看得叫人

心碎，如同一位美人，几日不见，憔悴枯槁得不忍目睹。

③ 特别爱旷野上因风或某种因素生长的一株或几株花，风无情地吹，雨和骄阳任性肆虐，花儿却傲然屹立，令人感动。

④ 匆忙生活的人，无心留意花开花落，他们忙于打拼，日日沦陷在名利、欲望中。对泥土中生长的花儿，从来无暇顾及。

⑤ 总喜欢带着欣喜和虔诚去野外看看，感受泥土与花香融为一体发出的别样幽香。众多花中，我最爱格桑花，它们原是生在草原的花儿，最近几年，我的家乡引进不少，长势旺盛，花开得娇艳。

⑥ 同小晴认识于某一次聚会，因朋友牵线，进行了一次只有女人的狂欢。基本是同龄人，相互不差五岁。小晴来得晚，是丽姐带来的。小姑娘清秀，充满朝气。初见略带羞怯，不一会儿就熟络，满屋子姐姐长姐姐短地叫，对熟悉的人说个不停，不熟悉的保持缄默。小晴的样子让我想到曾经的自己，极力推销自己，生怕别人不认识，很多时候带着讨好般的谄媚。心里冷笑："再过一些年，就会明白，当才华撑不起能力，再多的奉承阿谀都作废；当地位达不到某种高度，再多的结交都无用。"

⑦ 她过来同我聊，企图引我入某些感兴趣的话题，这种套路我早熟悉，故意不去理会。她说，我淡淡地回。她看我没心同她热聊，有些讪讪地离开，又走过去跟别人聊天，不时拿眼睛看我。我正在同梅大声说笑，一点矜持都没有。

⑧ 再次见，在一家会所。才知道，她是这家会所的员工，丽姐是她的顾客。店家规定员工与顾客除了工作之外，不得私自相交，她们不干涉小晴与丽姐，只因丽姐是不敢惹的角色。小姑娘有见地，过些日子，会不会离开会所，跟着丽姐干，也不是

不可能。

⑨ 她见我去，极其热情，对我服务周到细致。见惯了一见顾客就不断推销产品的员工，见小晴那么卖力，并没有一点推产品的意思，我有些愧疚。心想等自己产品用的差不多，便在她那儿买，她有提成获得也好弥补我的歉意。

⑩ 第二次再去，那天由于工作上的疏忽，同上司有些小摩擦，心中气鼓鼓，正想找个安静地方歇歇，不愿多说一句话。小晴为我服务，明显带着十二分讨好，十二分小心。会所在搞活动，店主给她们每人派发任务，完不成就罚款，完成的保持基本工资，超额有奖励。她开始向我介绍，根据我的需求和消费水平，介绍本次店中的优惠活动，我嗯嗯——不多说话。她有些急不可耐，或者觉得同我很熟了，不曾留意我阴郁的脸和快要爆炸的心情。

⑪ 我努力抑制自己，希望她因为看见我沉默而停止说话，其他人的嘈杂声已够我烦了，她仍一刻不停，当她正柔柔地给我按摩头部时，在我耳边小声说："姐，真划算，本次活动力度特别大，我再送您一些东西——""不要说了，我够烦了，我知道需要不需要，我来这儿是休息的，不是让心更烦的。"我大声粗暴地打断她的话，其他人也停止说话。我眼睛被面膜覆盖，看不见人的表情，但我分明感到一群人的目光向着我和她。店老板闻声赶到，让她出去，自己亲自为我服务，并连连道歉。我有些后悔，但仍沉默不语。

⑫ 自那次之后，我再去，若是她来服务，几乎不多说话。我早过了把不相干的人总放在心上的年纪，心里充满歉意，想着等过段时间再解释，便表现了无所谓的态度。她愈发寡言，见我

时有种如履薄冰的胆怯。

⑬ 后来去很多次，她都没有在，“不是由于自己的鲁莽被辞退了吧？”问其他人，才知是请假了。同老板聊天，才知，二十几岁的姑娘，有一个三四岁的女儿，丈夫前些年生意破产，精神抑郁，沉迷于喝酒，时间久了，身体每况愈下，后来突发脑出血，做了开颅手术，得知实情，公公一病不起，不幸病逝。婆婆年纪大了，不能在外工作，又要照顾做不成任何活计的儿子和小孙女，只她一人工作养活一家人。她丈夫自从做了手术，整个人废了，不做事，脾气不好，连脑子似乎都烧坏了。

⑭ 有一次小丽拿着身份证跟人合伙贷钱买手机，手机在她丈夫手里没几日，就给了合伙人。眼看还款日子到了，银行来催，合伙人不见踪迹，打电话已停机。按照地址寻找，哪里有这个人的影子，她才知道上当受骗，每月一千多的欠款，全部还清需要四个月时间。她气急，骂丈夫，人家不理不睬，我行我素。

⑮ 为了生活，她拼命工作，原来在一家营销中心，所得工资不够基本生活，才来到这家会所。聪明的她会手工，工作之余，用花店买来的花和装饰品店的饰物结合，包装花朵，一束三元、五元、十元不等。两项收入，家庭开支没有问题。但新的问题又出现了，她丈夫喝酒，喝完酒发酒疯，屋子里的东西，看着不顺眼或能发泄的，统统摔打。她说，不敢置办东西，再好，再贵，在一个酒疯子眼中都是障碍物。

⑯ 她曾想着不活了，几经挣扎，为了女儿，咬牙挺过。很多人劝她离开，但内心觉得自责歉疚，不忍离去。丈夫一次次故技重演，一个月的收入全部化成泡影，因为无望，她曾在夜深人静时坐在桥头号啕大哭，但她从不沉寂，选择坚强。工作卖力

干，回所里业绩最好的是她；手工艺品找时间做，零零星星所得够给女儿买食品和衣物；害怕身体不好可能让家庭蒙受更大的苦难，她早早起床锻炼；其余时间，竭尽所能陪伴女儿，照顾家庭。这些日子没有来上班，是因她丈夫病情突然加重，婆婆无力照顾，她在家照看。

⑰ 我要了她的微信，发给她一句话“天亮了，花会开，姐希望你幸福”。她回复“谢谢，谢谢您”。

⑱ 无声的陪伴是情深义重的呵护，有声语言的问候，则是情到浓烈时真诚的关怀。

⑲ 我同她和好。预定了一套产品，够我全年使用，也给她增添了收入，够她生活一阵子。我们聊天，说生活，谈爱好。她说每家都不容易，自己挺好的，再等等，等等再说，生活会越来越好。

⑳ 我不语，生活的丝线在自己手中，拉紧或放开全在自己，他人再多助力和言辞只能是催化剂，动力源在她自己。

㉑ 她也喜欢花，有时从花店购买，有时在旷野采摘，自己动手装饰，每一张图片都美得惊心。我采了几束格桑花送给她，告诉她，这种花看似柔弱，但它既能在高原贫瘠的环境生存，也能在内陆肥沃的地方生长，人同花比，耐力总会超越几倍。

㉒ 她笑。

㉓ 又是格桑花开的季节，我立在花前，仿佛看见微笑的她，朔风中前行，匀速奔跑。我的泪珠，盈在眼眶。

1. 文章的题目有何妙处？

2. 本文写人，却在开头结尾写花，是否游离主题，如果不是，你怎么看？

3．本文表现了那个女孩的什么精神品质，结合文章内容分析。

4．“我”在文章中起到什么作用？

**参考答案：**

1．用花喻人，吸引读者阅读兴趣，令人深思；写花开，表示美好，写天亮了，表示生活有希望；题目表达对某种黑暗生活突然明亮的欣喜之情；奠定文章的感情基调。

2．不游离文章，这样安排吸引读者阅读兴趣，增加亮点，用花的生命力代表女孩的旺盛活力，使文章更有说服力，再次能够提醒读者，花和人一样会遭遇波折，遇到了不用惧怕，选择勇敢面对，一切都会改变，升华主旨。

3．女孩积极向上，不屈服命运，从家庭遭遇不幸，仍然努力打拼可以看出；女孩善良，有爱心，当明白生活中的变故，还一如既往对待爱人，也能够理解别人。

4．“我”是线索人物，通过“我”的眼睛看到一位女孩自强不息的奋斗历程，从而让人信服；再一个“我”作为旁观者清醒的认识，更能突出女孩高尚的品格，增加文章的波澜和吸引力。

## 你好，春天

①嗨，你这即将到来的，你忘记了那人儿，就是那个在和

煦的风里微笑又哭泣的小小的女子。

② 你不记得她怎么样凝视着你，在绮窗林立的坐儿上，久久张望你游丝一样飞来飞去，飞絮一样飘飘荡荡。

③ 你的悄然轰鸣的苏醒冲开她那锁了又锁的心扉，她那眸子里蓄满的晶莹泪珠是对你悄然而至的熟悉味道的最至高又无上的感激和敬意。

④ 孩子们在广场上尽情放着风筝，酣畅淋漓地狂欢，你的影子在时间的钟摆里游来游去，就连指尖也泛上你的颜色气息，临风飘飘的衣裙更是你信息的传递者，还有一串串丁零丁零的风铃更把你华彩的乐章奏响，似有声音在说："你，来了。"

⑤ 阳光在明媚的春日跳舞，好像妙手回春的工匠在不停不歇地绘制一幅波澜壮阔的云锦霓裳图，前不见古人后不见来者，创造亘古不见的奇迹神话。

⑥ 我们紧挨着你的肌肤筋络，在你晃晃悠悠的怀里安眠，那个小小的女子静静地坐在那里。

⑦ 她想做一抹新绿，走在你的最前线，做你早早的春的使者；她想做你的影子，与你紧密相连纠缠不离，伴着日子而生长；她想做鸟儿，栖息在你坚实的臂膀里扬扬自得；她还想做你的血肉筋络，嵌入你的灵魂与你终身相依。你，来吗？

⑧ 我开始以为你是慢慢地，慢慢地来临的，其实不是，你是一瞬间就来到的，等我察觉到你的声音，我早已在你的怀里很久了。

⑨ 我起身，走近你，自寂寞，自微笑。

⑩ 我欢喜你无声无息不事声张的性格，更欢喜你润物细无声的抚摸，也心悦诚服你博大宽阔的胸襟度量，这一份安静淳朴的白，这一种深沉严肃的绿，都让我怀着无比虔诚的心接纳你，

欢迎你，甚至膜拜你。

⑪ 我不向往富丽堂皇的肥沃，我不祈求上苍太多的优待，所以我灵魂清爽；我不幻想遥不可及的梦，所以我睡眠安恬；我不愿矫揉造作曲意逢迎，所以我心情愉悦；我不耻以活动四肢，所以我阳光健康灵敏；我省去了很多无谓的交际联络，所以我少了承诺与重压；我不做多余的口舌之争，所以我感到轻松；我尽量不再去缅怀往事，因为那些没有人情的冷漠冰冻了就不可能复苏，就算你柔情绵绵万千情谊，也无法撼动；我只要你是真的，是千真万确的实体，我不做深刻的复杂，我只做简单的简单。

⑫ 我邂逅了你，是巧合，是机缘。

⑬ 我触碰了你，嗅到了你，我是幸运的。

⑭ 我微笑我哭泣，这都是因为，我与你相知相依相偎，才会淋漓尽致地做你的知己、亲人、伴侣，才会无遮无拦地展示真我的姿态。

⑮ 你，要来，就来吧！

⑯ 你这可爱的可亲的可敬的春天！

⑰ 你，来吧！

1．本文语言有何特点，结合文章加以分析。

2．请仿照画线句子写一段话，至少运用一种修辞手法。

3．本文要表达的感情是什么？结合文章内容加以分析。

4．文中画横线的句子有何作用？

**参考答案：**

1．语言优美流畅，朗朗上口，有韵味，使文章要表达的感情淋漓再现，突出春天对人脑的影响和给人带来的美好感受。

2. 略。

3. 文章表达了对春天到来的欣喜若狂，以及春天来了，万物复苏，是开启美好未来的重要开始，提醒人们不忘耕耘，努力进取。

4. 比喻，把春天比作使者，生动形象地写春天的到来给人带来无限生机和希望，表达对春天的喜欢和赞美，引出下文。

## 不必在乎

① 新生的婴孩，粉嫩的小脸，莲藕样的胳膊，无知的眼睛，小手抓住任何一个物件都那么用力。整个世界于他们是全新的、新奇的、无限的。他们被大人寄予希望、梦想、爱和慈悲。

② 季节更迭，春天翩然而至。风轻轻柔柔地吹，吹暖了寒冬留在人心里的冰冷。阳光朗朗地照，唤醒了沉睡的万事万物，树木和花儿开始鼓苞，有的已经急不可耐，张开蓓蕾，露出微笑的脸庞。人的心忽然像置身甜蜜的梦境，迷醉、恍惚。

③ 当第一片绿意悄然萌动，我们喜欢种下一粒种子，那棵叫作希望的种子，期待一年有所收获，期望一个四季的轮回中，没有虚度，不曾散漫，不会留下遗憾。

④ 一年之计在于春，春天是头，春天是开始，春天是新一次冲刺的启航。它是展望，是仰望，是信心满怀的美好祝愿。

⑤ 当黎明前的黑暗还在散发幽幽的绿光，心里已在盘算又一个今天的行程安排，像立下很重的誓言，一遍一遍叮嘱自己要

记得梦醒时制订的计划，遵守算过万次千次分秒不差的时间排序。尽管昨夜并不是酣睡沉沉，眼圈还残留没有消退的黑眼圈，心情却出奇的昂扬，脸庞有着胜利才有的光芒万丈。希望的火种埋下，熊熊燃烧的可能就在不远处。

⑥ 每一个新生代的初生，每一个季节的刚刚开始，每一个将要开始的今天，是带着某种晶莹明亮的光彩的。那么耀眼，那么夺目，那么惹人欢喜。像初涨的潮，澎湃激扬，气势雄伟，誓要涨到很高很高的高处，不达目的，不罢休。像星星点点的火种，微弱却能燎原。

⑦ 我们通常都是，从新生的懵懂幼童，逐渐成长，慢慢长大。从季节的最初定下理想，一步步实施，一点点进行，一个个抵达。从晨曦的微光下定决心，不要懒惰，不要浪费，不能白白地让日子溜走。

⑧ 一路的风光无限，一径的滩涂曲曲弯弯。我们听到，原野的狂风呼啸过，郊野的暖风轻扬过。我们看到繁华雍容，看过凄凉萧索。我们历经种种，沧桑，或者涅槃，然后，变成所以为的另一个人。

⑨ 在最原始的地点，我们往往一个人，后来有许多结伴而行之人。在通往明天和未来的旅程上，我们不停地走。走着走着，来的去了，去的来了，新的一批来了，走了，走了，来了。往往返返，游游离离。原本以为自己能够左右身边的人众，倘若不能左右，影响一点也行。渐渐地，渐渐明白，希望与失望同在，善良与邪恶并存，慧心与愚蠢不可开交，青春与老去并驾齐驱，成长连带着世故，纯真交织着狡黠，动听的话语后面藏着危险的毒药。也恍然醒悟，不是所有的开始都有归途，不是所有的

希望都有收获，不是所有的预想都能得到圆满的结束。

⑩ 我们所在乎的，变成可有可无；我们不在乎的，变得举足轻重。

⑪ 有一天，想回头，看一双双无邪的眼眸，看一看热血沸腾时的激情岁月，看一看简单素白的悠悠时光。为了看得清楚，伸长了脖子，睁大了眼睛，甚至用很深情，很真情的话语做着表白。记忆就像一杯酒，一饮而尽之后，残羹冷炙在胃里稍作停留，烟消云散，不知哪里去了。

⑫ 有多少满怀的希望，就伴随多大的失望；有多少想触摸的喜悦，就有多大的想要遗忘的决心。

⑬ 有些开始，注定是结束；有些结束，预示着开始。

⑭ 从幼童长大不易，尽管最初的愿想没有完全实现，我们依然对自己说着孩童时的愿景，依然会对每一个新的生命充满敬意，对每一个全新的理想寄托厚望。因为我们知道，同在的就在，远去的远去，靠近的靠近。不停止，便是对自己，对他人，对生活，对人生，最大的爱意。深情不过陪伴，陪伴不如行走。

⑮ 行走的方式很多种，让过往清零，保持一颗单纯的心灵。面对继续路途中的尘世凡俗生活，也许，才是最大的在乎，最情深义重的慈悲，最旷世浩荡的善良，最绵延逶迤的美丽。

⑯ 觉得这样很好，生命有乏味，也有花一样的芬芳。

⑰ 不必在乎，过去明天。

1. 本文从几个方面展开叙述，分别用简单的语言加以概括。

2. 文章的题目有何含义。

3. 文章画横线的句子属于什么描写，作用是什么？

4．纷纷扰扰的世界撩乱人的内心，如何保持独立，如何在纷杂中挺立，读完此文，你有何收获，请谈谈你的看法。

**参考答案：**

1．从幼童逐渐长大，变得成熟；人生经历许多，不断长大；对人生的态度不断改变；对生命的态度不断改变。

2．字面意思是指不用在乎世间一切不必要的纷扰和杂务，深层意思表达人生的经历日渐丰富，人生阅历不断增强，许多看法和想法不一样，从而让人成熟、从容、优雅大气。

3．环境描写，写冬去春来的天气和景物变化，衬托人的心情也在发生改变，表达对自己不断成长的喜悦，为下文继续叙写内心的领悟奠定基础，增加文章生动性。

4．可以从人生不断成长、不断因为改变内心的领悟增强来说，或从对人生意义的迷惑不解，然后释然来说，解释出现实青少年的心理路程，合理即可。

## 蝉是夏日的乐章

①“垂緌饮清露，流响出疏桐。”聆听蝉鸣，眼前浮现出它们娇小的模样。头上着两根胡须，身披暗黄的盔甲，穿着薄薄的蝉翼，瞪着大大的眼睛，在绿树成荫的夏日将一首首婉转的歌曲唱响。当人们凝神谛听时，它们一齐发出分贝极高的旋律，高唱着属于自己的一份心情，人的心不知不觉放开很远，像湖中被

风涌起的千尺浪，澎湃着奔向高远。当人们想看个究竟，走近时，它们又不约而同停止歌唱，让人的心也跟着怦怦怦乱跳，莫非，人为的打扰，扰乱了它们抒情的思绪？世间万物都有自己的法则，对于外人的侵犯总是一副小心翼翼的样子。好在，蝉音依旧，不是在这里，就是在那里。

② 蝉是音乐界的歌者。尽管盘踞在不同的树梢，但好似有指挥家在统一组织，整个歌唱高低错落，音韵和谐。有时高唱，有时低吟，有时独唱，有时合唱；有时寂静无声，有时浓墨重彩。它们从明媚的春天，到黄叶飘零的秋天，不用任何中、西方古典乐器伴奏，一直用自由欢快的歌调，为人们高唱一曲又一曲蝉之歌，给大自然增添一份博大和厚重的情意绵绵，人们称它为“昆虫音乐家”“大自然的歌手”。

③ 蝉是一位散文家。在暑天高温里，很多物种悄悄藏起，唯独它们敢把自己写得横七竖八的文章再现。或优美或干涩，或长或短，或契合季节或乱了时候，也许没有章法，也许没有韵律，也许是刚刚学会有些蹩脚凑合，它们仍然竭尽全力抒发情感，一声声互相告白。“不要问我从哪里来，我的故乡在远方，为什么流浪，流浪远方，流浪。为了天空飞翔的小鸟，为了山间轻流的小溪，为了宽阔的草原，流浪远方，流浪。还有还有，为了梦中的橄榄树，橄榄树。”蝉用散文家的笔调将夏季人们绿色的梦萦抒写。

④“春残夜静起三更，脱去金袍羽翼生。野树园林歌一曲，炎凉不变是心声。”它们的生长很奇特，在黑暗的地下生存少则两三年，多则十几年。我们看到从土壤钻出来的蝉，已经经历四次浴火凤凰般的蜕皮，最后这一次钻出土壤，爬到树干，是为了

蜕去干枯的浅黄色的壳（这就是蝉壳），然后才变成成虫。蝉尽管寿命很长，在阳光下生活的时间却很短，几乎一生都在黑暗的地下度过。法布尔曾经盛赞蝉的一生："四年在地下干苦工，一个月在阳光下欢乐。"所以它们不知疲倦的歌唱便变得理所应当，顺理成章，将生命极致绽放，哪怕是短暂的片刻。

⑤"居高声自远，非是藉秋风。"听着蝉声，想到它们高洁的品格。蝉是动物中的真君子，高高盘踞在林梢，餐风饮露，不食人间烟火，不因为风声大小放高或放低自己的喉咙，只是用心日日清唱，将暑气连连的夏日光阴拉长拉宽拉厚重。它们不选择舒适或简陋，无论在哪儿都是一副笑傲江湖任我行的姿态：在乡间小路，在高楼林立的城市，随处可以听到蝉鸣，极远又极近，极细切又极粗犷，极柔曼又极豪放。

⑥夏天的暑热把人们的心情逼到沸腾，夏日的蝉鸣一扫纠集在一起的灼烧，将人们的情绪飞翔在自由自在的蓝天白云下。夏日，有蝉的乐章弹奏，再苦再痛又算得了什么；人生旅程，蝉音那傲岸高阶的品格让行进的脚步变得从容淡定。

1. 请你谈谈对题目的理解。
2. 文章从几个方面来写蝉是夏日的乐章？分别加以概括。
3. 从结构和内容上分析最后一段的主要作用。
4. 文中画横线的句子有何作用？

**参考答案：**

1. 题目写蝉对夏天的作用；表达对蝉的赞美；运用比喻吸引读者阅读兴趣，令人深思；概括文章的主要内容。

2．蝉是音乐界的歌者；蝉是散文家；蝉能够给人带来美的享受；蝉是自然界神奇的象征。

3．结构：总结全文，照应题目和开头；深化主旨，言有尽而意无穷。

内容：写夏天因为蝉的参与增加许多亮色和美好，表达对它的赞美，使主旨得到升华。

4．引用法布尔的话增加文章的可信度，从侧面表现蝉的不容易，进而赞美其不凡的品格和只为一时的美丽在地下苦苦挣扎的辛苦，给人教益，从而明白所有的美好和光鲜亮丽都不是一朝一夕就能得到的，突出主旨。

## 人间有味是读书

① 有人喜欢垂钓江边，享受那份心静如水；有人喜欢在旅途中行走，享受如画的风景；有人喜欢在舞场起舞，享受那份欢畅和潇洒。我独喜欢在书海中遨游，享受书籍带给我的宁静和快乐——在书中总能遇到无限的美好和催我前行的动力。

② 读书能够静心。纷扰的尘世，烦琐的事务，让人心焦躁不安。若抱书在手，聆听作者的美妙故事，感受妙趣横生的语言，瞬间就可驱散心头乌云。特别喜欢一个人待在房间，一边读书一边做笔记，恨不得把所有美好的语言，精美的编排结构，跌宕起伏的情节塑造，都记在脑中！想象着自己也化出一支神笔，写下万千文字，被同我一样的读者喜欢。许多闲暇时间我都是在

读书中度过的，所以少了人世纷纷扰扰的侵染，少了琐事纠纠结结的苦闷。

③ 读书能够开启智慧。“读史使人明智，读诗使人灵秀，数学使人周密，科学使人深刻，伦理学使人庄重，逻辑修辞使人善辩，凡有所学，皆成性格。”鲁迅的书让人学会深思；周国平的书教会人辩证看问题；余秋雨的散文让人心胸大气磅礴旷达辽远；丁立梅的文字有情有义使人温暖；雪小禅的文字把人的意境盛放在莲花般的禅意中；龙应台的文字意义非凡，意蕴悠长，发人深思；金庸的武侠小说带给人浮想联翩的侠客行动——不同的写作者传递不一样的感悟，带来不同的心灵震撼，在书海中，智慧被开启，灵魂被升腾。

④ 读书是种享受。工作之余，我时常把自己交给书籍，像一尾鱼自由自在地在书海中游弋。读到开心处就哈哈大笑，读到痛苦处就眉头紧锁……“书卷多情似故人，晨昏忧乐每相亲”“读过一本好书，像交了一个益友”，每每读书，我总是沉浸在美妙的意境中而不能自拔，好像跟多年未见面的好友在一起交谈。有书为伴，真的是其乐无穷啊！

⑤ 读书能够美颜。一个人书读得多寡，从他（她）的外在就可以看得出来。读书人的气质与众不同。一些容貌并不美丽的人，因为长时间浸染在书海里，便具有了不同寻常的气质风范，如很多老者，暮年时仍然有异乎寻常的年轻容颜和吸引人的魅力，其秘诀就在于读书多，善于思考，善于修为。三毛说：“读书多了，容颜自然改变，许多时候，自己可能以为许多看过的书籍都成过眼烟云，不复记忆，其实它们仍是潜在气质里、在谈吐上、在胸襟的无涯里。”读书的营养价值高过许多化妆品的功

效。103 岁的杨绛就是最好的明证——岁月只增加了她的年龄，她的容颜和气质却让人难忘和佩服，温婉、淡定、从容成为她的代名词。

⑥ 读书是一件幸福的事。春天的时候，在三月的和煦清风中读书，跟着杨柳依依的婀娜姿态，伴着书香阵阵的洗礼，宛如在仙境中遨游，个中滋味，无须言语；在炎炎夏日，用一本书洗礼心脏，燥热的空气仿佛被注入了一股清凉，扫去沉闷空气的污渍，让人置身书的世界开心地欢唱。若是手捧一本书在金黄的秋季里读，片片飘零的黄叶就是每一个语言文字的精灵，她们从书间滑落大地，长成枝繁叶茂的大树，然后卸甲归田，回到大地的怀抱，以便再一次生命的蓬勃，滋养每一位阅读者的心灵；在冬日的暖阳下，手捧一本喜欢的书读，契合身心的地方把心灵烘烤得似暖阳一般，整个人都沐浴在艳丽的阳光下，好像在跳优美的舞蹈！读书是件幸福的事，而爱读书的人则是幸福感最强的人。

⑦ 现代人崇尚个性和解放，喜欢不受拘束自由自在生活，觉得太多东西羁绊心灵，希望生活无忧，日子清净舒爽。读书能够让人在个性的世界环游，在天马行空的天地飞翔，不用被束缚捆绑，不必在意他人的评价，不会被纷扰芜杂扰乱心扉。

⑧ 书的世界干净，宁静，美好。读书的人会在书中遇到温暖，美丽，温柔，真诚，真情。

⑨ 读一本书就是与一位道德高尚的人交流；读一本好书就是用一颗美好的灵魂滋养自己的灵魂；常读书，读好书，做幸福的人，享受幸福的生活——人间有味是读书！

1. 开头第一段有何作用？

2．读书有什么好处，结合文章内容概括。

3．文中举三毛和杨绛的例子有何作用？

4．关于读书，你一定有自己的心得体会，结合本文内容，联系实际，谈谈你的看法。

**参考答案：**

1．运用对比，引出读书，增加文章感染力，为后文奠定基调。

2．读书能够静心；读书能开启智慧；读书是种享受；读书能够美颜；读书是一件幸福的事儿。

3．用两位名人的例子来写读书的好处，增加说服力，使人们相信读书能够让一个人变得美好，从而说明读书的重要性。

4．参考答案：写自己读书的心得，加上文章给你的启迪即可。

## 菊花满地香

① 天寒了，水瘦了，日子变短了，黄叶四处飘零，冬无声来了。

② 喜欢冬日阳光虽短暂却弥足珍贵的温暖，喜欢雪地奔跑虽寒冷却纯净的欢喜，喜欢苍茫的四野虽空旷却辽远宁静的美好，更喜欢“宁可枝头抱香死，何曾吹落北风中”一枝独秀的奇特。菊花，这万千风景最独特的美景，世界一派寥落，唯独它们愈发鲜艳，精神抖擞。

③ 我必经的小路两旁，每到这个季节，野菊花遍地是，黄

色、白色、紫色，一朵一朵绽开，像星星，像小嘴巴，像忽闪忽闪的眼睛在眉目传情。我通常会停下来，看看、摸摸、闻闻，然后摘下几朵放在包里，一整天都在香气里。痴情地采摘许多，晾干，用布包起来做枕头，家便有了一屋子的香，据说能明目安神治头痛。野生野长的菊花，不经任何人工的培育，不需要过多人力的呵护，独自生长，独自馨香，孤自为他人留余香。

④ 我的房前总长几种菊花，与野生的不同，它们需要三月剪枝插秧，四月移栽护佑，才能在冬日开出漂亮的花。一个春秋夏日，它们自顾自生长，不与其他花儿斗艳，似乎寂寥落寞，实际是在积攒能量，等百花殆尽，它们一个个伸出脑袋，在房前空地上兀自招摇。欣赏它们的点点滴滴，时光变成菊花香满地的日子，很快乐很美好很惬意地向前走着。

⑤ 十二月，走在大街，常能看到店门前有一丛丛菊花，红是红的鲜艳，黄是黄的透亮，绿是绿的莹莹。

⑥ 走着走着，会遇见卖花的，除了青青翠翠的绿，数菊花最惹眼。它不香，不妖娆，却有种让人说不出的喜悦。卖菊的大都是老人，养它们的自然老人居多。骑着电动三轮，里面摆得满满的，不见叶儿，尽是一朵一朵菊，精神抖擞昂扬着，高低匀称，长势旺盛。含苞的藏在花后面，像同人捉迷藏逗引人驻足留恋，忍不住购买。

⑦ 一日，走过街市的一角，一间房的门前，地上堆满各色各样的菊花。门前坐着有精气神的老人，面目慈祥，目光柔和，眼睛望着街上行人，又望着面前的菊花。走近，一盆一盆饱满旺盛，有股淡淡的香。我同他聊。“嗨！”我这样称呼，他不恼，欢天喜地，有人看花赏花。“多少钱一盆，你一个人种这么多？”

老人的脸笑成樱桃。“不贵，你要便宜点，自己种的。”

⑧“这花好啊，费你大功夫了。”

⑨“没，闲着也是闲着，就爱侍弄花花草草。”

⑩“这花朵大，根壮，有窍门吧？”

⑪“嘿嘿——嘿嘿——说没有也有，说有也没有。关键时间点记得就行——”

⑫想象他家，干净的屋舍，小院摆满盆盆罐罐，水源充足，各个盆里种着不同品种，盆边做了标记。红，紫，黄，绿，墨绿——好像无数旗帜，招展在自由的空间，有他指挥，任意调配。日子简单，细水长流，可有盼头，有奔头。总有花开花满园。

⑬他每日照顾，像从前养自己的儿女。他们长大，飞远了。他有他的花和老伴作陪，并不孤独寂寞。

⑭一朵花在我们说话间，慢慢舒展，阳光照耀着，晶晶亮，像注入清泉般。“春天来了，一夜催开无数花。”

⑮“姑娘，你懂花，爱花，我看出来了，便宜给你，这几盆都给你。”

⑯我挑了两盆，一盆淡紫，一盆红艳。走在路上，有人问：“花哪来的，真好看。”买花的心瞬间灌满蜜汁。有风微凉，却有温暖如春的错觉。没有告诉老人，我名字有菊。菊花开在他眼中，开在我心中。

⑰遇见，总是欣喜若狂。我喜欢饱经风霜的面容配着娇艳欲滴的妍。生命从不枯萎，一种使命消失，另一种使命跃然而起。我能想到，老人培育时的精心细致。几月剪枝插秧，几月移栽，多久施肥、打药、浇水。每一样工序要按时间，按流程，稍不在意，不是旺长，就是个儿太矮，花色不好。我家曾养过多个

品种的菊花，由于疏忽，枝干太长，花变了颜色。

⑱ 单位新进了一批菊花，很远便看到一片黄紫红的世界。一同走的几位，同我一样快步走去，看一盆盆精致的花束，争着嚷着要老板再送些，每个人都要。发在群里，不一会引来一群，爱花的人大有人在。“不是花中偏爱菊，此花开尽更无花。”原来舍不得的是此时此刻缤纷的妍丽。

⑲ 太多人喜欢朝气蓬勃的春，葳蕤青葱的夏，金黄绚丽的秋，不喜欢四野苍茫的冬。

⑳ 曾几何时，我也曾在冬天遥望春天来临，热烈盼望结束这单调苦闷的季节。当冬成为某种习惯不约而至，我早忘却心中对其他的期盼，专心在冬日赏玩游走。也许，我在意的是一份悠悠我心的自在，无所羁绊，任我行。就像菊花，菊花般的老人，天地悠悠，心里花开，世界便是花开一片。

㉑ 我还会遇见，遇见一些喜欢，遇见欢喜，生活便如花开般一点点行进，时时都如春风煦暖。

1. 用简洁的语言概括本文的内容。

2. 菊花和老人有什么相似之处，结合文章内容加以分析。

3. 文中的“我”是什么形象，结合文章内容加以分析。

4. 本文主题是什么？结合文章内容分析。

**参考答案：**

1. 写自己喜欢菊花，然后为了寻找菊花看到一位养菊花、卖菊花的老人，他的模样，他的行为举止如同菊花一样美好。

2. 高洁，不惧怕世间的风风雨雨，在坎坷的人生之路上从不因为一点波折放弃对生活的美的追求，以最好的状态给人带来好的东西。

3.“我”爱花，热爱生活，从自己的名字和见到菊花购买时欢喜的样子可以看出；“我”心地善良，有同情心，从同老人的攀谈，不讲价可以看出。

4. 表达对美好生活的积极乐观态度，从老人和“我”对菊花的喜爱并精心养育看出；表达对花草生命的尊重，从小心呵护菊花，老人和“我”都是精心照料可以看出。

## 白桑葚·巧八哥（二）

### 巧八哥

① 邻家的五娘加入队伍，她一直都在，很多年一直不多言，话语渐多源于她女儿送的一只八哥，巧八哥真巧，会唱歌，会学习人说话。孩子们围着它教它说，它不张口，五娘教什么就学什么，如此可气，我们趁五娘不注意，用木棒打它，再见我们，八哥就叫“坏蛋，坏蛋”。父亲亲近八哥，把家中的饭菜给它吃，出去干活回来也捉几只青虫给它吃，八哥见父亲就叫“好人，好人”。五娘有八哥做伴底气十足，在白桑葚树下话语多了，关于八哥的吃穿用度，每一天教的话语，不能在身边伺候的孝顺女儿。五娘可怜，童养媳出身，家道中落，跟随五伯父从大四川来这儿，希望找到饿不死的婆家。生养五儿一女，女儿大了嫁到远方，五个儿子相继成婚，儿媳嫌弃五娘碍手碍脚，又没有家产可

以分配，他们各自占着五伯父和五娘辛辛苦苦盖的新瓦房，把五伯父五娘赶出去，在一处荒芜的草丛随便搭一简易茅屋居住。五伯父含恨而死，五娘眼睛哭得睁不开，只骂自己：“老不死，老不死，咋就不死哩！”

② 嫁到远乡的女儿原来日子过得紧巴巴，不常回来，日子好了，回来给老娘买衣买食物，并时常照顾五娘。几个儿媳又说嫁出去的女儿泼出去的水，自己婆母生活得好好的，一个女儿家常回来干什么，不是让人生厌吗？女儿气得号啕大哭，找几个哥哥评论，几个哥哥不发一言。无奈何，不敢常回，偷偷托人带东西给母亲，听人说八哥有灵气，就花重金买一只鸟给母亲解闷。

③ 五娘有了八哥瞬间威风凛凛，说话有底气，做事有底气，整个人又有了精气神，好像回到同五伯父初识的岁月。当时，她正愁苦自己无路可走，遇见在她家乡拉货的五伯父，家庭同样贫穷的五伯父三十大几找不到媳妇，五娘对他嘘寒问暖，五伯父的柔情被激发，付出加倍的呵护，一路上好吃好喝的都尽着五娘，用生产队给的零用钱给五娘买了一身合体衣服，回到家乡，两人已俨然一对幸福夫妻。五伯父的母亲，就是我七祖母高兴得合不拢嘴，打光棍的五伯父出门一趟领回模样俊秀的漂亮大姑娘，天上掉馅饼，恰巧落在她们家人嘴里啊！

④ 结婚以后的五伯父和五娘生活清贫，六个孩子接二连三出生，日子紧巴巴，但夫妻两人恩爱，再苦再累，他们都笑盈盈。我的七祖母在第一个孙子成婚后不久病逝，享年八十五岁，是村里人最长寿的，得益五娘对她的精心照料。几个孩子长大成人，每一家新修一房青砖瓦房，相继成婚，五伯父五娘老了，鬓发斑白，身体佝偻，步履不稳，成了家中累赘。

⑤ 五娘幸福的日子不到一年，她的一个孙子趁着五娘熟睡，拿八哥炖汤喝，睡醒的五娘挨个村子找，邻居狗蛋说真话，是你孙子偷走炖了汤。五娘黯然神伤，默默回到屋中，几天没有出现在我家白桑葚树下，再次见，吓人一跳，眼睛如骷髅，身体消瘦如柴，整个人摇摇晃晃，随时有倒下去的危险。再在白桑葚树下聚会，她一语不发。父亲说五娘的魂随八哥走了，不多久，五娘真的走了。五娘的女儿回来，见母亲眼睛一直圆睁，她说："我妈想家了，想她小时候的家乡，想有五伯父温馨的家，还有八哥相依相伴的一人一鸟的家。"

⑥ 出门打工的络绎不绝，年轻人的身影再不多见，我们都已结婚，不常回家，白桑葚树的聚会留下父亲母亲和五叔、二嫂，一些新一代孩童在电子世界不亦乐乎，我家门前空旷辽远。母亲有病，神医说家门前的白桑葚树有碍，要母亲砍去。有点迷信的母亲听从神医的话，指挥父亲砍断，只留下根部。这棵白桑葚树老了，中间有一窟窿，里面盛满虫，锈坏的树干无精打采，原本枝繁叶茂，大片阴凉，现只一株杆子发芽结果，虫子又多，父亲早就想把它砍掉。

⑦ 白桑葚树被砍掉后，母亲的病依然需要医生诊治。一代代人走远，已为人母的我站在白桑葚树跟前发呆，一幅幅画面接踵而至，美好的青春岁月就这样跟着老一辈的逝去远了。渐渐成熟的我学会感恩，缅怀那段岁月里所有值得铭记的人事，也能以家中长女的身份为年老的父母分忧。

⑧ 父亲节前回家，白桑葚树根部长出一株小苗，一人高，青青的翠叶在风中翻飞，希望还在。

1．文章写五娘和八哥之间的什么关系？为了表达什么感情？

2．文中少出场的女儿、儿子是怎样的人，结合文章内容分析。

3．最后一段有何深意。

4．文章的主题是什么？结合文章内容分析。

**参考答案：**

1．八哥同五娘好似亲人，因为孩子们很少照顾探望，五娘就当八哥为自己的朋友，相依为命的感觉，从而令人深思空巢老人的辛酸。

2．少出现的女儿、儿子没有尽到为人子女的责任，表达了对他们的深深谴责。

3．用门前飞长的桑树苗表达希望还在，明天的美好一定到来，预示人生苦难之后会有美的东西出现，寄予作者深刻的对人心良善的呼喊。

4．表达对美好童年时光的怀念和留恋，从回忆八哥跟五娘的关系，以及在桑葚树下的青葱岁月可以看出；表达对人性狭隘的鞭笞，呼唤对老人的关照孝顺，从五娘儿子、女儿的态度可以看出。